VENENO

VENENO

HUGO FONTANA

www.suburbanoediciones.com

@suburbanocom

Mírenlo volar por el sendero

como un señor del tiempo

bien vestido y bien de nuevo

¡saludenlo!

¡saludenlo!

Eduardo Mateo

1

Por fin hace tres días el presidente de la República envió una extensa carta al gobernador de Texas, George Bush hijo, pidiendo clemencia para Tapita.

Durante meses, mucha gente del pueblo y algunas organizaciones de Derechos Humanos de Montevideo y la Iglesia y un puñado de políticos solicitaron al gobierno que interviniera directamente en el caso, pero con el paso del tiempo todos supimos -y el presidente en primer lugar- que la petición no sería enviada nunca o, de serlo, jamás llegaría a tiempo.

La carta, escrita en el estilo barroco y grandilocuente al que nuestro mandatario nos tiene acostumbrados cuando logra vencer su patético registro de la erre -no menos de una docena de veces fueron citados en sus interminables y eruditos párrafos los filósofos Plutarco, Platón e Hipócrates; otras tantas algunos episodios de la historia americana y algunas cláusulas de la Declaración Universal de los Derechos del Hombre-, fue publicada en todos los diarios del país y leída en las radios y en la televisión, pero ayer al mediodía, cuando los informativistas anunciaban que a causa de la lluvia se había suspendido la oratoria del canciller en la Piedra Alta de Florida y que sólo el ministro de Educación y Cultura y el Intendente Juan Justo Amaro habían concurrido al lugar empapándose hasta los huesos, llegaron los primeros despachos de prensa dando a conocer algunos detalles de la ejecución, en el amanecer de Huntsville, de Jorge Eduardo

González Broemberg con inyección letal en un presidio de alta seguridad.

"A mí no me importa morir ni me importa la forma en que me vayan a matar, pero quiero que estos hijos de puta se apuren", había declarado Jorge Eduardo a una cronista de Canal 12 que viajó a hacerle una nota a mediados de julio, cuando aquí nos moríamos de frío y allá había una temperatura de cuarenta y dos grados a la sombra y la gente desfallecía deshidratada en las carreteras del estado. La entrevista se emitió hace un par de domingos en un programa especial que se llamó "Jorge Eduardo González, un uruguayo ante el patíbulo", título tan pretencioso como la carta del presidente.

En la pantalla los amigos de Tapita pudimos ver a un hombre envejecido, de hombros caídos y lentísimos gestos, un astillero yermo, desolado, detrás de una intrincada reja de alambres y acero. De su vieja figura, de su antiguo rostro, sólo se podían reconocer los ojos todavía inquietos pero entristecidos y aquella sonrisa que sólo le afectaba la comisura izquierda, como si siempre hubiera sido incapaz de dejarse comprometer la totalidad de los labios o como si algo vocacionalmente trunco e imperfecto le obligara a andar por la vida riéndose por la mitad.

Cuando la periodista le preguntó, con evidente insidia o peor estupidez, qué cosa le gustaría hacer en ese momento, Jorge Eduardo se llevó una mano al mentón y demoró en contestar. Yo sabía en qué estaba pensando; acaso me hubiera gustado contestar por él, pero al final dijo "Quisiera darle un beso a mi esposa", aunque también sus palabras sonaron falsas, acaso incompletas.

La cámara enfocó después un largo corredor de paredes de concreto iluminado con asombrosa intensidad, ocupado por una docena de hombres con prolijos uniformes a quienes no parecía importarles ser filmados, y al fondo una gruesa puerta de acero con una extraña cerradura circular atravesada por una barra, parecida a las de las cajas fuertes. Antes de terminar el bloque también mostraron una delgada camilla con sábanas azules y correas de cuero con gruesas hebillas de metal que la cruzaban trasversalmente.

"Tenía un abogado -dijo Tapita sin mediar pregunta alguna y se interrumpió de inmediato para lanzar una carcajada y para mover divertido la cabeza de arriba a abajo-. Mi abogado quería apelar una vez por semana y aparecer en la televisión cada vez que lo iba a hacer. Es un hombre joven que se viste con trajes de las mejores marcas y usa un perfume de zorrillo. Lo entrevistaban todos los canales, hasta que le dije que se dejara de trucos y que no insistiera más. De algún modo llegué a entenderlo: él quería seguir trabajando porque se estaba haciendo famoso. Los dos somos famosos ahora: él porque me representó y yo porque soy el primer uruguayo al que van a matar en una cárcel de Huntsville. Si no fuera por eso nadie hubiera viajado desde Uruguay para hacerme una nota."

Todo el mundo, hasta el papa Juan Pablo II, le envió unas líneas al gobernador Bush, el hijo del ex presidente, y creo que eso fue lo que terminó empujando a nuestro mandatario. Enrique y yo escribimos una carta, la hicimos traducir y salimos a buscar firmas casa por casa. Casi todos los vecinos firmaron, incluso aquellos que por jóvenes o por nuevos en el pueblo no llegaron a conocer a Jorge Eduardo

González antes de que él emprendiera su alocado peregrinaje allá por 1977 o 1978, primero rumbo a Venezuela y después con destino a Nueva York y a Nueva Jersey, ciudad en donde vivía con su mujer hasta hace dos años, cuando sin ninguna explicación aparente decidió viajar a San Antonio, Texas, y desencadenar una de las peores noches de horror de la historia de los Estados Unidos.

"Toledo, Canelones, Uruguay. 14 de febrero de 1999. Señor Gobernador George Bush Jr. De nuestra mayor consideración:", comenzaba diciendo nuestra carta. "Los abajo firmantes, todos amigos y/o conocidos de Jorge Eduardo González Broemberg, nos dirigimos a Ud. a fin de solicitar vuestra clemencia." Después, con las palabras más sencillas y emotivas que pudimos encontrar, pasamos a relatarle algunos episodios de la vida de Jorge Eduardo, Tapita para sus amigos, con la remota esperanza de conmoverlo y convocar su misericordia. No citamos a ningún pensador griego o latino, pero esa carta llegó a manos de Bush. Lo sabemos porque a los pocos días enviaron a la casa de sus primos un telegrama con membrete fechado en Austin, dejando constancia del recibo pero sin la menor pista acerca de las intenciones inmediatas del gobernador.

En el segundo bloque de "Jorge Eduardo González, un uruguayo ante el patíbulo", la periodista mostró las ruinas todavía intactas del Hotel Navarro de San Antonio. Parecía que de entre los escombros aún surgían volutas de un humo descorazonado y negro, que de entre las ruinas en cualquier momento aparecería una silueta humana envuelta en llamas tratando de escapar de aquel infierno menor y voraz. Después ella dijo que, tal como suelen hacer los estadounidenses, en este caso con el apoyo de la Asociación de Mujeres Lesbianas de Texas, se planeaba reconstruir con absoluta fidelidad el destruido hotel a fin de convertirlo en un museo con los mayores adelantos técnicos -luces como lenguas de fuego, rincones con un calor insoportable, gritos desesperados saliendo de parlantes ocultos en las paredes, olor a carne quemada- en donde, tras la compra de un boleto, los turistas podrían recorrer las crujientes escaleras, las sombrías habitaciones, los interminables pasillos donde una veintena de homosexuales y lesbianas habían quedado atrapados un par de años atrás.

La televisión mostró luego un estacionamiento atestado, un primer plano de El Alamo -aquel viejo fuerte donde continúan cruzándose las versiones acerca de la muerte de David Crockett a manos de tropas mexicanas, acerca de su coraje y de su cobardía, acerca de la inmortalidad de algunos héroes tocados por la fantasía de los tiempos modernos-, la plaza central de San Antonio con una alambicada glorieta que por las noches se ilumina con racimos de bombillas amarillentas, y frente a ella un predio conocido como La Villita, donde suelen reunirse a escuchar música country todos los constructores y carpinteros del lugar. Mostró también los románticos puentes sobre el River Walk, un oscuro canal que atraviesa la ciudad y que es recorrido por lanchones atestados de turistas entre los que, según las crónicas policiales, Tapita se confundió durante las horas previas al brutal incendio, aturdido por el resplandor de los grandes edificios y por su propia y descomunal soledad.

"Durante toda la tarde del 1º de mayo de 1997, Jorge Eduardo González, tras registrarse al mediodía en el Hotel

Navarro, deambuló por estas calles sin rumbo fijo y sin ningún pensamiento concreto. Cenó temprano en un restaurante de comidas rápidas y realizó después un tour por el canal que recorre el centro de la ciudad, también conocida como la Venecia de Texas, entre lujosos hoteles de las cadenas Marriott's y Holiday Inn. Antes de subir al lanchón, como a todos los turistas, le fue tomada una fotografía que al finalizar el trayecto desestimó recoger y que luego resultó fundamental en el esclarecimiento del caso", relató la locutora mientras en la pantalla aparecía una imagen de Tapita de cuerpo entero tras un cartel de fondo blanco y letras violetas donde podía leerse, bajo una caprichosa rúbrica, "San Antonio River Walk". En esa foto todavía estaba como había sido o como lo habíamos visto dos o tres días antes frente a la plaza, en la cantina del club Juventud Unida, protagonizando una acalorada discusión con el viejo Carabajal, borracho como una cuba y marrón como la tristeza, sin saber que aquella sería la última visita al pueblo donde nació.

"Minutos después de provocar el incendio", continuó la mujer, "subía a la camioneta Chevrolet negra que había alquilado por la mañana en el aeropuerto de Houston y partía con rumbo desconocido. La policía estatal, sin embargo, no demoró en dar con su paradero y fue detenido cuarenta y ocho horas después del siniestro en un bar de College Station, una pequeña ciudad universitaria a tres horas de San Antonio." La cámara dejó ver a continuación un establecimiento oscuro, de paredes adornadas con viejos anuncios de licor y cerveza, daguerrotipos de caciques piel roja y cabezas de alces y renos, de gastados pisos de madera, una larguísima barra y un salón con media docena de pooles, adonde la policía lo encontró bebiendo junto a un puñado de inmigrantes.

"Aquí jugó su última partida de pool, mezclado con un grupo de estudiantes mexicanos", dijo la cronista apoyándose sobre uno de los muebles tapizados de azul en tanto la cámara hurgaba en un oscurecido retrato de Emiliano Zapata colgado entre los tacos. "Los agentes policiales que lo detuvieron aseguran que, a pesar de todo el alcohol que había ingerido, estaba tranquilo y no ofreció la menor resistencia al arresto. Durante algunas horas negó su participación en los hechos, pero luego, consciente de que tarde o temprano todas las evidencias iban a estar en su contra, terminó confesando ser el único responsable del atroz suceso. Desde aquí fue enviado a la prisión de Hunstville donde espera desde hace dos años, en una de las celdas de máxima seguridad que dan al corredor de la muerte, ser ejecutado en las próximas semanas."

"Supongo que todo el mundo en Uruguay sabe lo que hice, supongo que han agregado a la historia todos los detalles que se puedan imaginar, así que no tiene demasiado sentido que yo la vuelva a contar", dijo Tapita al comienzo del tercer y último bloque, cuando el editor decidió volver al presidio. "Eso es cierto", le confesó la periodista, "pero lo que nadie conoce son los verdaderos motivos que lo llevaron a provocar el incendio." Él quedó en silencio mientras la cámara trataba de husmear detrás de la espesa malla, enfocando sus ojos una y otra vez. "Tendría que contarle muchas cosas, seguramente me perdería en el relato, necesitaríamos veinte programas como éste", respondió sonriendo de costado, "y aún así seguramente los dos nos quedaríamos sin saber por qué."

"¿Ha llegado a sentir la solidaridad de sus familiares y de todos aquellos que vienen pidiendo por su vida?"

"Aquí lo único que se siente es miedo, señorita."

La mujer quedó en silencio, la toma se interrumpió para dejar paso a un paneo general del exterior de la cárcel, los altísimos muros, los inexpugnables cercos, la obsesiva guardia. Después apareció nuevamente la imagen de la locutora: detrás suyo una enloquecida autopista por donde transitaban a gran velocidad vehículos de todo tamaño, un nudo de carreteras cruzándose a distinta altura y más lejos aun las cimas de algunos edificios confundiéndose con el cielo tapado de nubes. "El próximo 25 de agosto, fecha en la que en nuestro país se celebra la Declaratoria de la Independencia, y de no mediar un verdadero milagro, Jorge Eduardo González, de cuarenta y ocho años de edad, será ejecutado por inyección letal en la localidad de Hunstville, a unos quinientos kilómetros de Dallas, ciudad en la que veintiséis años atrás fue truncada la vida del presidente John Fitzgerald Kennedy. Se cerrará así uno de los más extraños capítulos de la historia policial en la que se haya visto involucrado un ciudadano uruguayo."

Todo el pueblo vio aquel programa, y estoy seguro de que todos supieron que era cierto que el Tapita quería que el oscuro proceso en el que se hallaba envuelto llegara de una vez a su final, pero también estoy seguro de que casi nadie podía explicarse por qué él se había convertido en el responsable de un acontecimiento tan pavoroso como el que había desatado en aquella lejana e ignota ciudad del sur de los Estados Unidos. Supongo que tres o cuatro de sus mejores amigos, alguno de sus últimos familiares -un par de primos, su única hermana que había marchado a Buenos Aires muchos años atrás-, podían aventurar los motivos, pero nadie con una certeza tal que pudiera dar por cerrado el caso.

Durante los dos últimos años Jorge Eduardo se había convertido en el uruguayo más famoso, provocando en la cabeza de la gente las más variadas conjeturas y las más encontradas reacciones, desde el mayor y exagerado desprecio hasta el más incierto de los orgullos comarcales. Su nombre completo apareció una y otra vez en los diarios, su rostro -una estrafalaria fotografía proporcionada por el FBI tras la captura y divulgada hasta el hartazgo por las cadenas de prensa internacionales- fue una y otra vez portada de los informativos de la televisión local. No creo que ningún otro uruguayo fuera tan ferozmente inspeccionado en su historia personal y en su vida privada, pero también sé que nunca nadie causó tanta decepción a sus investigadores, como si ellos pensaran encontrar en su pasado y en algunos erráticos incidentes de su infancia y de su juventud las razones que terminaran explicando la ferocidad de aquellas llamas, el abrazo tenaz del fuego sobre la vida de tantos inocentes.

Pero creo que yo sé cuándo empezó todo, cuándo y dónde se originó tamaña y equívoca crueldad, de qué modo sucedieron en realidad los hechos.

Estoy seguro de que nadie puede suponer, sin faltar a la prudencia, que en la vida hay un punto de partida. Todo es lazos, tiempo, tramas, caminos que se cruzan llevados de la mano por la voluntad o el arbitrio, pero al primer día de existencia de cualquier ser humano su más obcecado investigador ya perdió pistas y rastros, olvidó las secuencias, desechó las infundadas determinaciones. Detesto a las personas que suponen lo contrario y que se han atrevido a elaborar líneas de pensamiento destinadas a un eventual acierto, siquiera a la menor aproximación, a la más insignificante hipótesis de secuencias. Yo viví algunos años de mi adolescencia pegado al Tapita, a Juan Carlos Olague y a Enrique Soria Casanueva, y los cuatro llegamos a formar por algún tiempo una férrea cofradía capaz de llevar adelante algunos atropellos menores, mantener bajo llave algunos secretos impiadosos, cometer algunas irreverencias propias -e incluso impropias- de nuestra edad, pero toda certeza nunca dejará de ser mera especulación y todo recuerdo jamás podrá despojarse de su irrenunciable contingencia.

Un sábado de noche, a mediados de diciembre de 1973, fuimos los cuatro al barrio de los quilombos de Pando. Tapita y Enrique tenían veintidós años, Juan Carlos y yo veintiuno. Subimos a la camioneta Indio con que entre semana el padre de Enrique hacía su corretaje de comestibles y llegamos bastante antes de la medianoche. Deambulamos por las calles empozadas y oscuras de los alrededores, cruzándonos cada tanto con otros grupos de muchachos que iban y venían de un prostíbulo a otro, los pasos silentes, los gestos minimizados por la sospecha o el impudor, las voces envalentonadas por la cerveza o el whisky nacional. Nos detuvimos en la cantina de una casa de alto paredón verde y lamparillas rojas. Tapita pidió la primera ronda de tragos antes de salir a recorrer los pasillos penumbrosos desde donde las mujeres se ofrecían con una sonrisa a flor de labios, el cuerpo apenas cubierto por unos deshabillés raídos y amarillentos, envueltas en perfumes poderosos y baratos. Caminamos esquivando otros hombres que también iban y venían de una punta a otra de los corredores, deteniéndonos cada tanto a cruzar alguna palabra con las mujeres, a preguntar las tarifas, a investigar y sopesar las cualidades y destrezas de cada una de ellas.

Dimos vueltas de uno a otro quilombo, bebiendo en todos los bares, hasta que paramos en uno que parecía ofrecer la población más numerosa de mujeres. A espaldas del cantinero, tras una reja, se abría un ancho corredor con más de doce habitaciones al que se accedía por una puerta lateral. En el umbral de cada pieza una mujer esperaba, recostada al marco, mirada provocadora, tristeza indescriptible.

-Yo invito -dijo Tapita, la voz irremediablemente dominada por la cerveza.

Había cobrado el primer aguinaldo de su nuevo trabajo como guarda de ómnibus, empleo que le fastidiaba pero que había cumplido con disciplina religiosa durante más de ocho meses.

-Yo pago los polvos -insistió con tono imprecante, levantando la jarra de cerveza como si quisiera hacer un brindis por una ocasión especial que desde allí en más debería repetirse con alguna regularidad.

-Aprovechen, que hoy debe ser el cumpleaños del amigo -dijo el cantinero detrás del mostrador, abriendo unos ojos aburridos, pasando un trapo entre los vasos, secándose el sudor de la frente con el dorso de la mano, haciendo un gesto con la cabeza indicando que a sus espaldas nos esperaba un mundo maravilloso.

Una de las mujeres, una mulata corpulenta, de hombros rectos y musculosos, de pechos enormes que parecían saltar tras su diminuto sostén, de labios pintados furiosamente, se acercó a la reja y nos miró con una sonrisa espléndida.

-Papito -inquirió a Tapita tras los barrotes-. Te estoy esperando, papá.

-¿Cómo te llamás?

-Estela -respondió ella aumentando su sonrisa.

-Te presento a mis mejores amigos, Estela -le dijo él con un gesto que nos abarcaba.

-Son muy lindos, pero vos sos el que más me gusta.

-¿No tenés ninguna amiga para ellos?

La mujer se dio vuelta y levantó una mano con tres dedos en alto y de inmediato se acercaron otras tantas mujeres a la reja. Del otro lado, envueltas por la penumbra húmeda y aromada, parecían hermosas.

Cuando regresamos de las habitaciones la cerveza se había entibiado sobre el mostrador y pedimos otra botella. Los ojos de Tapita mostraban una rara mixtura de euforia y tristeza.

-Hay que reponer energías -dijo riéndose de costado-. Deberíamos comer algo, pero después de este festín quizá sea un pecado.

Estela se acercó nuevamente a la reja y pasó una mano entre los barrotes para que Tapita la invitara con un trago de cerveza. Bebió un par de sorbos mirándolo con un dulzor insospechado.

-¿Cuándo vas a volver?

-Mañana mismo. O dentro de un rato, si ellos me dejan.

La mujer le devolvió la jarra, le regaló un mohín provocador y furtivo y se marchó hacia el umbral de su habitación. Un minuto después un hombre mayor se acercó a la puerta y cruzó algunas palabras con ella, dio un paso atrás para contemplarla de cuerpo entero y levantó una mano con la que le acarició el rostro y el cuello.

Tapita, ensimismado, inmóvil, titubeante, observó la escena como si estuviera mirando algo fundamental y como si no pudiera entender que en definitiva el hombre iba a entrar a la pieza y que la puerta se cerraría a cal y canto por unos cinco o diez minutos. Entonces apuró el resto de cerveza de su jarra y nos dijo que se quería ir.

Enrique decidió volver por el camino de Las Piedritas para evitar encontrarse con la Policía Caminera.

-Ya tomé demasiada cerveza, pero no se preocupen: llegaremos a buen puerto -dijo como si fuera un marinero algo ebrio, simulando encasquetarse una imaginaria gorra sobre la mitad de la frente.

El camino de Las Piedritas es una oscura y zigzagueante carretera de grava que desemboca a los costados de Suárez, antes de pasar frente a la entrada de la Colonia Berro y al cementerio de Pando. Enrique bordeó la estación del ferrocarril, cruzó las vías, aminoró la marcha frente a los altos cipreses del cementerio como si estuviera decidido a detenerse ante los ferrujientos portones.

-¿Sabés el cuento de las muertas? ¿El de Vietnam? -le preguntó a Tapita, quien viajaba sentado a su lado.

Tapita lo miró sin decirle una palabra pero con el gesto más preciso del mundo. Enrique volvió a acelerar y enfiló por el sendero amarillento levantando una nube de polvo. Dejó atrás las luces del frigorífico y se sumió en la absoluta oscuridad de la carretera. Desgarbados eucaliptos a un lado y otro, algunos dormilones cruzando el aire, el cielo macizo y estrellado cayendo a pique. Juan Carlos, quien iba sentado detrás de Tapita, sacó una mano por su ventanilla y golpeó desde afuera el cristal delantero. Tapita pegó un salto en su asiento y demoró en darse cuenta de la broma un par de segundos, suficientes para que Juan Carlos, Enrique y yo estalláramos en una ruidosa carcajada.

-Un fantasma viene siguiéndonos desde el cementerio -dije yo, ya contenida la risa-. Deberías haber pasado más rápido.

-La puta madre -murmuró Tapita, avergonzado.

-Es probable que los muertos quieran salir alguna noche, sobre todo teniendo en cuenta que el cementerio está a unas diez cuadras de los quilombos -comentó Enrique-. ¿Saben el cuento de la enfermera?

-Los fantasmas no existen -dijo Tapita, la lengua trabada por la resaca-. Son seres humanos equivocados de lugar y de hora.

Le señalé delante del parabrisas una desgarbada nube cercana al horizonte.

-¿Qué forma tienen?

-Son seres humanos. Tienen forma de seres humanos. A veces corren, escapan, tratan de llamar la atención. Perdieron la raíz y no saben qué mierda hacer.

Le volví a señalar la nube derivante. Me contestó con un gesto de fastidio.

-Mirá si ahora nos golpean el techo -dijo Juan Carlos hundiendo la cabeza entre los hombros.

-¿Se acuerdan de las historias del arroyo Magariños? -preguntó Enrique.

Tapita giró la cabeza con brusquedad, miró para afuera,

abrió la ventanilla. Una bocanada de aire espeso y caluroso cruzó el interior del vehículo.

-"No dejen que las niñas vayan solas al bosque", decían las vecinas.

La camioneta continuó su sostenida marcha atravesando la noche. Vimos algunas luces distantes, las instalaciones bochornosas de la Colonia adonde iban a parar los menores más o menos peligrosos del Consejo del Niño, las alambradas de púas, un sendero de árboles frondosos. Nadie dijo más nada durante el resto del camino. Enrique recorrió lentamente las cuatro cuadras de la calle principal de Suárez: estaban casi desiertas y eran sepias, abandonadas. Pasó frente a la angosta plaza, frente a la oscura estación de trenes. Continuó por el Camino del Andaluz rumbo al pueblo y se detuvo frente al cine. Desde la camioneta, tras los puñados de gente que iban y venían, pudimos ver a una media docena de parejas bailando al compás de una cumbia de El Cuarteto Imperial mientras en el escenario Fabrizio Giusti y el negro Adán, acomodando un par de micrófonos, esperaban a sus demás compañeros para empezar a tocar. "Hoy Grupo Electrónico Keguay Hoy Organiza Club Ciclista Toledo", decía, a fuerza de tizas de colores, un destartalado pizarrón de lata a un costado de la entrada.

Cuando entramos habían apagado las luces de la pista y un foco apuntaba a los músicos, vestidos con trajes de un terciopelo gris y brillante, que se habían ido acomodando en el escenario armado con tanques y tablones y ya estaban listos para empezar a tocar. Llegamos a la cantina y pedimos una cerveza. Antes de terminar de servir los vasos sonaron los acordes del primer tema y la pista se fue llenando de bailarines. En la otra punta del mostrador dos soldados de la Escuela Militar, pelo al rape, zapatos de plataforma, vaqueros sanforizado, camisas floreadas, bebían en silencio, atentos a los movimientos de un par de muchachas que habían quedado solas en una mesa.

-Esto se termina pronto -dijo Enrique haciendo un gesto con la cabeza, señalando a los soldados-. Ferreira Aldunate mandó a decir la semana pasada desde Buenos Aires que a la dictadura le quedan cinco o seis meses de vida y que nos fuéramos aprontando para trabajar en las elecciones.

El comentario no nos llamó demasiado la atención, pues no era el primer pronóstico similar que habíamos escuchado en los últimos días y porque casi todos en el país estaban hablando de lo mismo.

-Wilson mandó a decir: "Díganle a los muchachos que a principios del otoño, marzo, abril a más tardar, estamos por allá y que no nos para nadie" -continuó diciendo con gesto entendido y como si ya estuviera conspirando-. Hay gente que viene hablando con Gregorio Alvarez y éste les aseguró que los militares están dispuestos a entregar el poder.

Tapita se acercó a Enrique y lo miró fijamente. Yo no supe si era incredulidad o simplemente la melancolía del alcohol lo que tenía en los ojos, pero su comentario nos asombró a todos.

-Todos los uruguayos van y se sientan en un banco de Plaza Italia mirando al este, por encima del río. Se rascan las pelotas toda la tarde, especulan, sacan conclusiones brillantes y dicen idioteces. ¿Qué mierda se puede esperar de un político que cuando tiene que gritar "Viva Uruguay", grita "Viva el Partido Nacional"?

Se acodó, apoyó el cuerpo sobre su pierna izquierda, amagó a llevarse el vaso a los labios pero finalmente lo dejó suspendido en el aire, como si ambos, él y su vaso, estuvieran esperando algo importante, un acontecimiento al que debiera prestársele una finísima atención. Los soldados dejaron sus copas y se acercaron a la mesa de las mujeres, las que se levantaron de inmediato y los acompañaron a la pista. Los vimos mezclarse en la sudorosa multitud y perderse de inmediato entre los demás bailarines. Los músicos de Keguay interpretaban una cumbia sincopada, estridente, que hablaba de un romance a la orilla de un río o de un camino, de una promesa, de un desengaño. Decidimos acercarnos y mirar desde un costado de la pista. Todos los bailarines parecían moverse a mayor velocidad que la música: estaban serios, concentrados en sus ligeros movimientos, y pocos prestaban atención a los demás, ni siquiera a sus propios acompañantes. Cada tanto alguien abandonaba el baile y salía disparado, zigzagueando entre las mesas vacías, rumbo a los baños del fondo.

-Deberíamos bailar -dijo Juan Carlos-. Por lo menos para que nos baje la cerveza.

Buscó un segundo entre las mujeres sentadas alrededor de la pista, pero sólo quedaban madres aburridas o somnolientas, que cada tanto vigilaban el comportamiento de sus hijas con un rigor propio de un campo de concentración.

La orquesta empezó a tocar un tema mucho más lento que los anteriores y la muchedumbre pareció detenerse o sencillamente continuar sus movimientos pero ahora en cámara lenta. Casi delante nuestro se detuvo una pareja: eran un hombre de rostro elemental y cobrizo y una mujer pequeña, pasada de kilos, de hermosos ojos castaños. El hombre apenas levantaba los pies y parecía convencido de no tener que moverse más allá de las dos o tres baldosas que ambos ocupaban, displicente o fatigado. Cuando la mujer quedó de frente a nosotros levantó la cara sobre el hombro de su acompañante y miró a Tapita. La escena volvió a repetirse una y otra vez, siempre que ellos terminaban el lento giro. Antes de que acabara la música, Tapita levantó el vaso y le ofreció su media sonrisa a la mujercita, que le devolvió el gesto entrecerrando los ojos, sacando la punta de la lengua y haciéndola recorrer sus labios de una comisura a otra. Tapita dio dos pasos hacia adelante y cuando estuvo al lado de los bailarines le pegó un feroz puñetazo a la mujer en la frente, que se desplomó desmayada sin que el hombre pudiera hacer nada por evitar la caída. El escándalo, los tumultos, la gresca, fueron mayúsculos.

Durante unos quince minutos la pista se convirtió en un indiscriminado ring donde todos luchaban contra todos sin tener la menor idea de quién o quiénes habían desencadenado la pelea ni cuál era el motivo ni a qué bando había que apoyar. Los músicos siguieron tocando durante un par de minutos, como si con ello ayudaran a restablecer la calma, hasta que por fin se fueron bajando del escenario y terminaron involucrándose en la golpiza. Las mujeres huyeron despavoridas puertas afuera y debieron esperar a la intemperie que la ira fuera disminuyendo lentamente salón adentro. Tras rescatar a Tapita y subirlo a los empujones a la camioneta, Enrique manejó hasta la ruta y sólo se detuvo al llegar a la entrada de San Andrés, lo suficientemente lejos y a oscuras como para ser detectados por algún eventual y furioso perseguidor.

Tapita sangraba de un labio y tenía un moretón en la mejilla izquierda. Esperó a que Enrique apagara el motor para empezar a reír. Recostado en el asiento delantero, reía y se quejaba del corte en la boca. Reía y maldecía. Reía y maldecía. Reía y maldecía, hasta que empezó a llorar desconsoladamente.

Los padres de Tapita fueron iguales a los de todos: desaprensivos, abandónicos, de algún modo violentos. No hay mayor intriga en ninguna saga familiar. No hay, aquí tampoco, un punto de partida. Una tarde, cuando él tenía ocho o nueve años, se sintió mal en la escuela. Estaba afiebrado y un furioso prurito le azotaba la entrepierna y las axilas. Cuando la maestra lo llevó al escritorio de la directora, ésta le diagnosticó varicela y se ofreció a llevarlo a su casa. Tapita atravesó las calles del pueblo de la mano de aquella mujer adusta, circunspecta, que evidentemente parecía no temer a ningua forma de contagio.

-¿Mamita está en tu casa? -le preguntó ella cuando estaban pasando frente a la plaza.

-Sí -contestó el Tapita-. Mamá está siempre en casa.

Envalentonado por el breve diálogo, aun a expensas de la temperatura que le hacía transpirar el cuello y las manos, Tapita se sintió obligado a continuar la conversación.

-Papá trabaja en Montevideo. Antes trabajaba aquí, en las oficinas de UTE, pero hace unos meses lo trasladaron para Montevideo.

-¿Vuelve tarde? -preguntó la mujer sólo para que el niño venciera la aprensión de saberse enfermo.

-En invierno vuelve pasadas las ocho de la noche, pero en verano trabaja de mañana. Un día, en las vacaciones, me llevó con él. Estuve con papá en el séptimo piso del Palacio de la Luz. Se veía el Cerro y el agua y los barcos. En verano vuelve a media tarde, pero en invierno ya es de noche.

La mujer continuó caminando en silencio. Pasaron frente a la comisaría, doblaron a la izquierda en la siguiente esquina, se internaron por una calle en profundo declive bordeada de hondas cunetas.

-Papá dice que cuando yo sea más grande voy a poder ir a trabajar al mismo lugar en el que él trabaja. Y que voy a tener plata para hacer lo que yo quiera.

La directora le devolvió una sonrisa y apuró su andar.

-Papá me llevó una vez al Estadio Centenario. Sanfilippo hizo un gol de taco -dijo el Tapita aumentando la velocidad de sus pasos, mirando para abajo, ensimismado en su memoria, sin importarle ya la opinión de aquella mujer-. Nacional le ganó tres a cero a Danubio.

Cuando llegaron frente a la casa vieron el portón de entrada cerrado y las celosías bajas. En el marco de la ventana había una maceta vacía, de bordes descascarados y desvaído color terracota. Todo estaba envuelto en un extraño silencio.

-A esta hora mamá está siempre sola -dijo Tapita.

2

Quizá contar la historia de Tapita signifique también terminar negando su punto de llegada, su final, ese último minuto en el que el veneno se fue mezclando con su sangre hasta quitarle el aliento, la conciencia, la vida, con una serenidad propia de las cosas que llegan hasta lo más profundo de un ser humano, sin la fuerza de una convulsión pero con la seguridad de lo eterno.

Los seres anónimos mueren en su tierra, rodeados de una breve memoria que les asegura una posteridad dudosa, no más allá del escenario doméstico, y ello siempre y cuando hayan sido en vida individuos rodeados de cierto respeto, de alguna forma de cariño familiar. Mueren y se apagan casi de inmediato, y su permanencia entre los demás -en el discurso de los demás, en las palabras impresas de los demás que dan cuenta de una gesta, de una epopeya arbitraria- no entra en debate con el abrazo final de las cosas que les pertenecieron, ni con su propia pertenencia al lugar que los vio pasar por el tiempo.

Creo, sin embargo, que ese silencio casi seguro que los envolverá algunos meses después de su muerte, algunos años después -apenas una fecha, un puñado de fotografías que virará al sepia tarde o temprano, apenas y acaso unos documentos firmados que irán pasando de mano en mano hasta que alguien los extravíe definitivamente-, es una oscura forma de felicidad que el agonizante llega a sentir con certeza. ¿Es feliz el alma de Jorge Luis Borges? Quizás una aristocracia menor y salvaje que lo acorraló como una fatalidad durante toda su vida -el privilegio de saberse inmortal, de poder responder a una pregunta que prácticamente lo incrimina por ser el único escritor latinoamericano a quien se recordará dentro de cien años-, lo condene a un debate interminable acerca de sus raíces, acerca de las mujeres que alguna vez lo acariciaron, acerca de esa esquina pintada a la cal, acerca de ese barrio húmedo y turbulento a la hora del crepúsculo que ya debía haberlo olvidado.

Aunque parezca mentira, Tapita cruzó aquel iluminado corredor que nosotros vimos en la pantalla del televisor rumbo a la Unidad Walls, los pies y las manos encadenados, los hombros caídos, la mente en blanco, flanqueado por dos policías sin armas a la vista, observando la extraña y grosera cerradura de la puerta de metal donde lo estaba esperando una camilla con sábanas azules y correas de cuero.

En la noche del 24 de agosto, cuando en Uruguay se celebra la Noche de la Nostalgia y todos los cuarentones llevan a sus esposas o a sus amantes a tres o cuatro lugares donde se puede escuchar música romántica de la década del setenta, Tapita cenó opíparamente, sin apóstoles, sentado frente a una pequeña mesa adosada a una de las paredes de su celda. Masticó con voracidad de un generoso plato de papas fritas, devoró dos o tres churrascos jugosos, casi sangrientos, engulló una ensalada de tomates, lechuga y cebollas hasta sentir los labios y el mentón embebidos de aceite. Miró a su alrededor a punto de descubrir al hombre que lo traicionaría, dispuesto a señalarlo, a incriminarle, a perdonarlo después. Eructó ruidosamente recostándose con desgarbo al respaldo de la silla y fijó luego los ojos en un lugar indeterminado de aquella habitación como si fuera a encontrar un paisaje familiar -la ventana de la cocina, los fondos de la casa de sus padres, el gato Misha durmiendo al sol, la pileta de lavar, la cuerda donde flameaba la ropa recién lavada por su madre, un alambrado semidestruido por donde subía una enredadera amarillenta y tenaz, una nube de polvo dejada por el paso de algún vehículo-. Le ofrecieron después la presencia de un sacerdote, pero desechó la propuesta con un gesto poco gentil y unas palabras arrevesadas que los carceleros no pudieron entender.

Alguien debe haber puesto un hipnótico en la botella de refresco, pues a los pocos minutos cayó en un sueño profundo y tranquilo que fue interrumpido con la primera luz de la mañana. Aunque parezca mentira, Tapita caminó bajo aquellas lámparas enceguecedoras observando cómo uno de los guardias se adelantaba para abrir con dificultad la pesada puerta del recinto donde lo esperaba la camilla de sábanas azules y correas de cuero, sabiendo que unos minutos después lo atraparía una de las formas más estúpidas de la inmortalidad. Nadie fue a despedirlo, ni su padre que falleció algunos años atrás, ni su madre, ni su hermana que decidió quedarse a vivir para siempre en Buenos Aires desde el primer día que se fue a principios de 1974, ni Silvia, su esposa, quien prefirió seguir las vagas noticias de la ejecución desde su casa de madera compensada en Elizabeth, Nueva Jersey, ni su joven abogado que ya no tendría oportunidad de aparecer frente a las cámaras de televisión, ni Juan Carlos, ni Enrique, ni yo.

El paramédico que ofició de verdugo acercó la jeringa al brazo de Tapita, tras mirar a trasluz el contenido severo y turbio. Una parte de tiopentato sódico, un sedante tan fuerte como para hacerle perder el conocimiento a un rinoceronte, otra de bromuro de pancuromio para paralizar el diafragma, y otra de cloruro potásico para provocar un paro cardíaco. Cerveza. Veneno. Por suerte los gruesos brazos de Tapita mostraban casi transparente el entramado azul de sus venas y el hombre de túnica gris no debió hacer más de un intento: el líquido fluyó sin dificultad, se mezcló de inmediato con la sangre de Tapita mientras él, fuertemente atado a la camilla, miraba el techo, una lámpara circular y anodina de la que bajaba con desgano una serena nube de luz.

Vio a su primo Miguel parado detrás de los alambres ferrugientos, una pelota de goma bajo el brazo derecho, haciéndole señas para que saliera a jugar. Otra vez el polvo detenido en el aire de la calle, atravesado por el furioso sol del mediodía, la sábana empapada reflejando la luz como un espejo de metal. Apoyado el abdomen contra el borde del fogón, pelando una papa, la madre de Tapita levantó los ojos y también vio al muchacho.

-Miguel te busca -dijo sin dar vuelta la cabeza.

Se unió a su primo y se dirigieron a la plaza, donde los esperaba un grupo de muchachos. Enfilaron todos juntos para la cancha de la Plaza de Deportes, al lado de la escuela.

-La abuela me está leyendo Colmillo Blanco -le comentó Miguel.

Tapita asintió con la cabeza.

-Yo ya lo leí -dijo con soberbia-. Y leí también El llamado de la selva. El perro se escapa y no vuelve más.

Miguel lo miró con asombro.

-Yo a veces sueño -continuó Tapita-. Sueño con un

perro grande como Colmillo Blanco que entra al dormitorio
y olfatea primero en mi cama y después en la de mi hermana.
Sueño que a veces se sube a la cama de mi hermana y que
cuando yo me despierto todavía está durmiendo con ella.
Una noche soñé que el perro no podía entrar y que era tan
alto que podía raspar con las patas en el vidrio de la puerta
de la cocina y en las ventanas del cuarto, y que se ponía a
aullar desconsoladamente.

Miguel amagó a comenzar él también una confesión de
tono semejante, pero prefirió quedarse callado.

-Es raro -reflexionó Tapita, sin importarle si su primo
estaba dispuesto a seguir escuchándolo o sabiendo desde ya
que lo había atrapado en su relato-, pero a veces sueño otras
cosas o simplemente no me acuerdo de nada a la mañana.
Pero las noches que sueño con el perro igual a Colmillo
Blanco me levanto nervioso. A veces me despierto en mitad
de la noche y después no me puedo volver a dormir. El perro
tiene los ojos blancos y se sube a los pies de mi hermana y me
mira sin moverse, quieto como un pedazo de hielo. Tiene
el pelo gris, con mechones plateados alrededor de las orejas
y sobre la frente. Entonces yo muevo un brazo y él levanta
la cabeza; me doy vuelta en la cama y vuelve a levantar la
cabeza. Una noche soñé que lo apuntaba con un rifle y que
él empezaba a gruñir: se había parado entre las frazadas y
gruñía mostrando unos dientes enormes y amenazaba con
saltar a mi cama hasta que bajé el arma. Entonces se quedó
tranquilo y volvió a echarse.

-¿Y Cristina? -preguntó Miguel, que siempre demostraba
un especial interés por la hermana del Tapita.

El levantó los hombros.

-Duerme, qué sé yo. A veces duerme con la cabeza debajo de la almohada.

-A lo mejor sueña lo mismo -opinó Miguel.

Tapita volvió a levantar los hombros.

-La abuela a veces me dice antes de dormirse que sueñe con algo, y yo sueño con lo que ella me dice.

-Me parece que tenés suerte. Yo preferiría dormir en un cuarto con la abuela que con mi hermana.

Miguel lo miró sin responder, sujeto por una rara incredulidad. Desde que la abuela se había ido a vivir con él y con sus padres, después de enviudar, había llenado la casa con imágenes de San Jorge derrotando al dragón. Había colocado esos cuadritos en las paredes de todas las habitaciones, incluso en el baño, sin tener en cuenta la opinión de los dueños de casa. La abuela solía soñar con el dragón y algunas noches con una serpiente de piel húmeda y amarillenta y ojos de fuego que siseaba debajo de su cama y de la cama de Miguel. Tenía una rara hipótesis que se la había comunicado al muchacho sin que él hubiera podido entenderla cabalmente: soñaba con dos tipos de serpiente, algunas noches con una buena que le ofrecía de comer y le traía buena suerte, y otras con una mala que venía a quitarle sus últimas energías y a acercarla a la hora de la muerte. Cuando soñaba con la buena acostumbraba a hablar dormida y a caminar por la habitación; cuando lo hacía con la mala podía pasar el día entero acostada, sin atreverse a poner los pies en el suelo.

Estaban llegando a la Plaza y alguien los distrajo de la conversación. La cancha tenía un solo arco y debieron armar el otro con ramas. Tapita no era un muchacho dotado para el fútbol: a los diez años era demasiado alto y desgarbado, sólo bueno para correr, y generalmente resultaba uno de los últimos en ser elegido a la hora de armar los equipos. Pero esa mañana pareció estar tocado por una rara fortuna y marcó los dos primeros goles del partido, que celebró como si estuviera disputando la final de la Copa Libertadores. Seguramente pensó que desde allí en más cambiaría su suerte como jugador de fútbol y que todos sus amigos empezarían a prestarle atención.

Se detuvieron media hora después a tomar un descanso. Estaban sudorosos y sucios por el polvo de la cancha, y se sentaron en el borde del terraplén que los separaba del predio escolar, a la sombra de una frondosa hilera de pinos. Eran más de quince muchachos jadeantes. Algunos cruzaron al garaje del doctor Astapenco, donde había una canilla, y bebieron hasta hartarse. Tapita y Miguel se quedaron mirando a uno de sus compañeros de equipo, un muchacho de unos doce años, grueso, corpulento, que se había sentado en la tierra, al rayo del sol, con las piernas cruzadas hacia afuera y las manos entrelazadas sobre la cabeza. Estaba quieto como una estatua y las gotas de sudor le corrían por la frente y las mejillas. Se pararon frente a él.

-Roque -lo inquirió Miguel-. ¿Qué hacés?

El muchacho levantó apenas la cabeza, deslumbrado por la luz, y volvió a bajar los ojos. Lentamente separó las manos y sin bajarlas las fue alejando de su cabeza. Tapita y Miguel se miraron sonriendo.

-Está loco -dijo Tapita.

-Estar quieto me permite volver a ser quien fui -contestó Roque imprimiendo a sus palabras una síncopa telegráfica, metálica. Exhaló con energía tres o cuatro veces seguidas y bajó los brazos hasta hacerlos descansar sobre sus piernas.

-¿A qué le llamás estar quieto?

-Quieto en el sentido de que no ofrezco ninguna respuesta a las cosas que pasan en el mundo.

-¿Por ejemplo?

-Por ejemplo ustedes.

-Pero nos estás contestando.

-Ustedes vinieron a interrumpir mi quietud. Practico todos los días durante horas, aunque todavía tengo algunas fallas. Estar quieto en el momento en que todos los demás gastan sus energías en actividades sin ningún sentido garantiza que mi vida será mucho más larga.

-¿Más larga para qué? -preguntó Tapita.

-Ustedes no se dan cuenta y quizá yo tampoco, por mi edad, pero con el paso del tiempo esa pregunta tendrá una respuesta obvia.

Tapita y Miguel quedaron un instante en silencio, mirándose, sin saber qué responderle. Algunos de los otros muchachos comenzaron a reunirse en la mitad de la cancha. Uno de ellos pateó la pelota tan alto que ésta demoró en caer unos segundos eternos luego de atravesar el límpido aire, el calor.

-La distancia va a ser la misma -dijo Tapita.

Roque volvió a llevar las manos sobre la cabeza y movió con gesto negativo todo su tronco.

-Estás equivocado. Cuando uno está quieto las distancias no suceden -balbuceó-. Nadie crece de noche; no se envejece de noche. Deberían probar. Yo vi a un hombre en un circo, rodeado de leones salvajes. Se quedaba quieto y las fieras no lo atacaban. Caminaban alrededor de él, lo olfateaban, se echaban a su lado, pero no lo atacaban. Lo mismo pasa con las cosas de la vida.

Alguien llamó para reanudar el partido que el cuadro del Tapita iba ganando tres a uno, con dos goles convertidos por él.

-Tenemos que seguir jugando -dijo Roque con voz apenas audible, confusa, resignada. Demoró en erguirse, como si le doliera todo el cuerpo.

El segundo tiempo no habría merecido mayor atención si Miguel no hubiera intentado levantar un centro con tan mala fortuna y peor dirección que la pelota fue a incrustarse entre las ramas de uno de los pinos linderos con la escuela y que todos, propios y contrarios, tras recriminarle tamaña torpeza, le exigieran que se trepara para recuperar el balón.

-Que suba Roque -sugirió Tapita riéndose de costado, moviendo la cabeza de arriba para abajo-, porque él va a vivir más que nosotros.

Miguel subió impulsado por dos de sus compañeros de equipo, agarrándose de las ramas más gruesas, tratando de esquivar hojas y pinocha que le arañaban las piernas y la cara. Desatascó la pelota de una de las horquetas más altas y comenzó el descenso sin mirar para abajo, tanteando con los pies. Resbaló una vez, golpeándose la rodilla contra el tronco áspero y manchado de resina, y se detuvo para recuperar el aliento y perder el súbito miedo. Cuando se creía seguro, apoyó todo su cuerpo sobre el pie izquierdo, y el pie izquierdo sobre una rama seca que se quebró tras crujir ruidosamente. Cayó con un golpe seco que levantó una nube de polvo, todo su peso sobre el brazo derecho, que también crugió como una rama que se hubiera quebrado. Quedó quieto, mudo, arrollado, como si la inmovilidad lo ayudara a vencer el exquisito dolor que se originaba en el brazo y que se expandía con velocidad incontrolable por el resto del cuerpo. Al cabo de un minuto, rodeado por todos que lo miraban expectantes, lanzó un gemido menor y lastimoso.

Tapita lo acompañó hasta la casa. Miguel caminó esas cuatro o cinco cuadras doblado por el dolor, descompuesto. La abuela los recibió en la puerta y apenas se dio cuenta de lo que pasaba atinó a persignarse y a llamar a su hija. El recorrido fue absurdo, pues cinco minutos más tarde estaban golpeando en la casa del doctor Astapenco, frente a la cancha de la Plaza de Deportes, para que éste le diagnosticara una fractura de antebrazo y lo enviara al Instituto de Traumatología, donde le sacaron una placa y le aplicaron una venda de yeso del grosor de un dedo. Antes de anochecer Miguel estaba de regreso en su hogar. Tapita permaneció toda la tarde sentado en el murito de la casa de Miguel esperando que su primo volviera de Montevideo, sabiendo que lo vería regresar con ese inmaculado guante blanco que empezaba arriba del codo y terminaba envolviéndole la mano, el brazo quieto y doblado, sostenido por un pañuelo de gasa de su madre, floreado, ridículo y leve.

Miguel estaba pálido y no supo si anunciar a su primo la novedad del yeso o la consternación y el miedo que todavía lo dominaban.

-Quiero ver si tus amigos van a venir ahora a jugar contigo o se van a ir a la cancha -le dijo la madre en tono de castigo, sin mirar siquiera a Tapita.

La fractura de Miguel y la quietud de Roque fueron

los temas de conversación durante la cena en casa de Tapita. Al terminar la comida, Cristina y la madre levantaron los platos y el padre volvió a llenar su vaso de vino tinto y encendió un cigarrillo.

-Debe ser buena idea poder quedarse quieto sin prestar atención a nadie.

-¿Quieto en qué sentido? -preguntó la madre desde la pileta. Empapaba un paño debajo de la canilla, lo untaba sobre una barra de jabón y después lo pasaba en círculos sobre la superficie del plato, sacudiendo todo el cuerpo.

-Quieto. Quieto como un faquir, como un encantador de serpientes.

-Si Miguel pudiera quedarse quieto durante un mes, se curaría el brazo y volvería a hacer las cosas de siempre sin darse cuenta de que estuvo fracturado -dijo Tapita-. Si pudiera empezar a quedarse quieto hoy, dentro de un mes, cuando volviera a moverse, ya no tendría el hueso quebrado.

-Pero él tiene el brazo quebrado -contestó la madre sin darse vuelta.

-Una cosa es cómo uno está y otra muy distinta es si pudiera evitar las cosas que pasan en el mundo y que a uno lo hacen cambiar.

El padre dejó caer ceniza al suelo y tosió tapándose la boca. Se quedó un instante mirando los cuerpos de su mujer y de su hija que seguían laborando de frente al fogón. Estaba pensativo y de pronto levantó las cejas como si una idea inesperada hubiera cruzado por su mente. Bebió un largo trago.

-Es lo mismo que dormir. Nadie puede dormir un mes seguido, pero podría despertarse y ver que muchos problemas que tenía se solucionaron de repente.

En la radio alguien dijo "la novia del Paraná" y después comenzó a sonar un arpa. El padre de Tapita volvió a tirar al piso la ceniza de su cigarrillo y volvió a pitar profundamente, atorándose otra vez con el humo.

-Es lo mismo que dormir -repitió con voz fatigada cuando dominó su tos.

Tras la ventana, a lo lejos, de una fracción a otra un resplandor iluminó la oscuridad y se instaló en la noche. La madre y la hermana de Tapita interrumpieron su trabajo y el padre se puso de pie de un salto. Quedaron atónitos mirando las llamas y las chispas que venían desde el campo, mucho más allá del alambrado, de la calle del fondo, de la cancha del Libertad, incluso de las vías del ferrocarril. El padre tomó a Tapita de una mano y salieron al patio.

-Se está quemando uno de los galpones del viejo Cardozo -dijo y se encaminó hacia el lugar de donde salía el fuego, distante unas cinco o seis cuadras.

El también era un hombre delgado y cuando caminaba sus brazos flotaban a los costados de su cuerpo como si estuvieran desarticulados. Tenía el pelo gris y los aladares plateados, brillantes. Había encanecido meses atrás, de una semana para otra, de un momento para otro, como si súbitamente se hubiera enterado de un acontecimiento esencial que no podía comunicárselo a nadie con palabras.

Demoraron en llegar. Fueron encontrándose con otros vecinos igualmente alertados pero no pudieron acercarse demasiado por el calor. Un alto galpón de paredes de madera y techo de viejísimas chapas de zinc ardía como una caja de fósforos, y a su alrededor una media docena de hombres descargaba infructuosamente baldes de agua. A nadie se le ocurrió llamar a los bomberos: el cuartel más cercano estaba en Pando, y para cuando llegaran podría haber ardido el pueblo entero.

Cada tanto subía al cielo una feroz bocanada de fuego y las chispas silbaban disparadas como artificio. Tapita escuchó los gritos de aquellos hombres que iban y venían desde una cachimba con sus baldes cargados de agua hasta que a alguien se le ocurrió formar una cadena. De pronto se sintió la bocina de un tren y todos se detuvieron para ver pasar por las vías un sombrío e interminable convoy de carga a escasos metros del incendio. El maquinista hizo sonar nuevamente la bocina y el lúgubre pitido quedó en suspenso en el aire enrojecido, como una extraña forma de lástima, de conmiseración.

Se sintió un largo crujido y al fin todos pudieron ver cómo una de las paredes del galpón envuelta en llamas se desplomaba hacia adentro y de inmediato caían las chapas del techo. Los hombres de los baldes se alejaron unos pasos y suspendieron la estúpida tarea. El padre de Tapita se había ido a ofrecer para formar parte de la cadena pero ya todos habían decidido interrumpir sus inútiles esfuerzos. Tapita se quedó quieto a un costado de las vías, a más de una cuadra del galpón, disimulado entre la muchedumbre que cada tanto lanzaba una nueva exclamación.

De pronto, de entre las maderas ardientes, surgió una vaca enloquecida, saltando desesperadamente, el ancho lomo y la cabeza abrazados por el fuego. Atropelló ciega a un lado y otro del vacío y emprendió carrera rumbo a los ennegrecidos árboles del monte. Corría, la bamboleante ubre, las patas borrachas, abriéndose paso entre la nada, iluminando el resto de la noche.

3

"Dios: creo que a veces olvido cómo era la casa de mis padres", escribió Tapita en una carta que me llegó hace algunos meses, "o que confundo el escenario de los días de mi niñez con otras estancias que imagino o que he visto en mis viajes, en el cine o en la televisión".

En realidad, no me sorprendió ver una mañana a Julio Ricucci bajándose de su destartalada bicicleta frente al portón de casa para entregarme un sobre fechado en la prisión estatal de Hunstville, porque la carta de Tapita había empezado a circular como una cadena religiosa, profética, algunas semanas antes: unos garabatos azules de difícil comprensión sobre un papel liviano y brilloso, que repetían el mismo texto una y otra vez, enviados cada diez o quince días a Juan Carlos, a Enrique, a su primo Miguel, a otros amigos de su infancia o adolescencia. "Dios: creo que a veces olvido cómo era la casa de mis padres."

Había escrito una sola carta y la copiaba sin cambiar una palabra y la iba enviando empujado por un incierto azar, quizá buscando que alguno de nosotros se atreviera a contarle o a explicarle de qué forma eran las cosas que había conocido a lo largo de su vida: una geografía, una remembranza, un amigo, una mujer. Miguel y Juan Carlos le respondieron. Le pidieron que creyera en Dios, que no perdiera las esperanzas y todas esas cosas que se le dice a una persona que está a punto de perder a un ser querido. Juan Carlos me consultó antes de poner el sobre en la oficina del

Correo, pero yo no pude ayudarlo y tampoco le escribí una sola línea a Tapita. Sabía, además, que él no nos respondería, que sus preguntas no eran otra cosa que la apagada intención de dejar un testimonio particular y abstruso y que no estaba dispuesto -o simplemente no podía- a entablar un diálogo entre dos puntos tan distantes del mundo como nuestro pueblo y su celda.

"Yo sé dónde estaba mi casa, cuál era la esquina, qué se veía desde el patio del fondo y qué desde las ventanas del frente, porque son cosas que he venido observando desde hace muchos años cada vez que miraba para afuera desde la ventanilla de un avión o de un ferrocarril, o desde la vereda de la pensión José Tomás Boves de Caracas o en las noches sin luna de Nueva Jersey cuando íbamos con mi mujer a ver cómo se iban encendiendo las luces de los edificios de Manhattan."

"Todo muy lindo: una postal tras otra, nubes, árboles dejados atrás a toda velocidad, la basura a los costados de las vías, los arcos iluminados de los puentes de Brooklyn y la punta azul, roja o blanca del Empire. Pero, ¿adentro de casa? ¿En el cuarto de mis padres? ¿Cómo era la cocina? ¿Qué había en el patio?"

"Yo no quise que mi madre vendiera la casa para irse a vivir con los padres de Miguel; incluso le envié dinero para que fuera haciendo los arreglos necesarios para quedarse allí. Le mandé una buena cantidad de plata, mis únicos ahorros después de pagar el entierro de papá, pero ella no me hizo caso y yo nunca le pedí que me devolviera nada. ¿Cómo iba a hacer una cosa así?"

"Una de las últimas veces que estuve en Toledo pasé

frente a la casa pero no me atreví a pedirle a los dueños que me dejaran entrar. Llegué hasta la puerta, golpeé y me atendió una mujer malhumorada. '¿Qué quiere', me preguntó entornando los ojos, secándose las manos en un delantal húmedo y mugriento. 'Yo viví aquí.' '¿Vivir cómo?' 'Vivir. De chico. Cuando era niño.' Me miró con cara de asombro, como si de algún modo le resultara imposible imaginarse que yo alguna vez había sido niño, y me di media vuelta y me fui sin saludarla ni darle las gracias."

"Muy seguido supongo que todo el mundo cree que yo nací de grande; siempre tuve esa sensación, incluso cuando iba a la escuela; como si me faltara vivir una etapa que para los demás es completamente normal. Después di la vuelta a la manzana para ver el patio, sin acordarme de que alguien había levantado una casa del otro lado y hecho un cerco de madera y plantado un par de paraísos que no dejaban ver para ningún lado."

"A veces pienso que mi casa tenía un jardín a la entrada, con césped y con flores rojas y anaranjadas y con una senda para el garaje como en los barrios residenciales de Hoboken y de Union City, adonde siempre había una media docena de mirlos comiendo semillas y toda esa sarta de pavadas que los norteamericanos nos muestran en las películas y que son irremediablemente ciertas." "Y que mi madre era otra mujer con algunos rasgos parecidos y otros completamente distintos y que mi padre también era diferente y que mi hermana no había terminado yéndose para Buenos Aires y que tampoco ustedes eran exactamente los mismos."

"Aquí tengo todo el tiempo para pensar, pero es asombroso cómo mi memoria se ha transformado en una máquina de hacer trampas y la mayoría de las veces las cosas no coinciden con lo que realmente eran."

"Cuando mi hermana se casó y se fue para Buenos Aires todo el mundo pensó en mi casa que la vida iba a cambiar radicalmente y que un día nos íbamos a despertar y no íbamos a saber quiénes mierda éramos, ni mi padre, ni mi madre, ni yo. Pero los días pasaron y no ocurrió nada: creo que de todas maneras nadie sabía quién era ni para qué estaba vivo ni qué hacía en esa casa."

"Después me echaron de Cutcsa. Un inspector me agarró borracho hasta las patas en un viaje en que yo no le había cobrado boleto a la mitad de los pasajeros, y ahí mismo me pidió que me bajara y que a la semana fuera a las oficinas a cobrar el despido."

"Después yo también me fui para Buenos Aires y estuve tres o cuatro meses viendo cómo los argentinos lloraban la muerte de Perón y los uruguayos se cagaban de risa. Incluso llegué a ir a Plaza de Mayo antes del entierro y juro que nunca había visto tanta gente tan afligida."

"El día antes de irme para Buenos Aires me despedí de mis padres como si no fuera a volver nunca más, y mi madre me dijo que yo no tenía ningún derecho a hacer lo que estaba haciendo, que era suficiente con lo que ya había hecho mi hermana. Yo podía haberle dicho algunas cosas que sabía pero que no valía la pena repetir ni en sueños, y me quedé callado y le di un beso y me puse a hacer la valija. Creo que entonces sospeché con toda certeza que mi viaje iba a ser corto y que antes de fin de año iba a estar de vuelta."

"Cuando llegué estuve en un taller de chapa y pintura, el mismo donde trabajaba mi cuñado. El día entero lijando guardabarros y enmasillando puertas. Me gasté la mitad del primer sueldo un sábado de noche en la calle Corrientes: fuimos con unos amigos a una revista y después a un cabaret."

"No sé si la cara de la mujer con la que me ocupé tenía el mismo desdén y el mismo aburrimiento con los que la recuerdo ahora -de repente ella también estaba triste porque se había muerto Perón-, pero sí estoy seguro de que me cobró un montón de plata y que le tuve que pagar cinco o seis copas antes de que me llevara a su pieza. Era una veterana entrada en carnes que parecía estar en ese lugar por simple equivocación, y que en vez de haberse quedado cuidando a sus cuatro hijos había entrado al cabaret esperando que alguien la invitara con un trago y después había decidido quedarse toda la noche."

"Decepcionante. Todo el mundo hablaba de lo lindo que era Buenos Aires; todo el mundo se iba para Buenos Aires esperando encontrar un buen trabajo, hacer un montón de plata, comprarse casa y auto, pasarla bien."

"Otro día fui a un acto político que organizaba un grupo de uruguayos en un teatrito de Flores. Estaba lleno de milicos; se los reconocía desde lejos, tratando de entreverarse con la gente, buscando conversación, haciéndose los sotas. Uno se acercó y me dijo si estaba dispuesto a sumarme a los tupamaros y a los comunistas que venían preparando una invasión por las costas de Soriano. Le contesté con una carcajada que lo dejó completamente fuera de lugar."

"En determinado momento se abrió una puertita que comunicaba con los camarines y apareció Wilson Ferreira Aldunate. Todo el mundo se acercó a saludarlo y después le pidieron que dijera unas palabras. Se subió al escenario, esperó que encendieran las luces y dijo que nos fuéramos aprontando para volver, que en tres o cuatro meses Bordaberry iba a tener que llamar a elecciones anticipadas y que él nos iba a precisar trabajando en la campaña."

"'Va a ser una campaña corta; no podemos darles ni un minuto de respiro', dijo parpadeando. Alguien le preguntó si su compañero de fórmula iba a ser el general Gregorio Alvarez, como lo indicaban algunos rumores. 'Mi compañero de fórmula va a ser un nacionalista', contestó con voz grave sin dejar de parpadear."

"Empecé a salir con una uruguaya compañera de trabajo de mi hermana. Las argentinas no nos daban pelota. Era una linda muchacha. Una noche fuimos a un baile donde cantaban Los Iracundos y después la llevé a un hotel de la calle Pampa."

"Apenas se sentó en la cama se puso a llorar. Que sí, que no, que no estaba preparada, que tenía un novio en Juan Lacaze que no había podido ir a Buenos Aires porque tenía a la madre enferma y que la llamaba por teléfono y le escribía todas las semanas. 'No se va a enterar', le digo. '¿En qué sentido no se va a enterar?' 'No se va a enterar. Esto va a quedar entre nosotros dos', le contesté. '¿Qué sentido tiene hacer una cosa que después una no se la puede contar a nadie, ni a su mejor amiga?' La pregunta me descolocó. 'Vos me gustás mucho, pero si yo me acuesto contigo esta noche no se lo voy a poder decir a nadie.' Se echó sobre la almohada y empezó a llorar más fuerte. '¡No, Jorge, no!', dijo de pronto, casi a los gritos, acongojada, como si yo estuviera intentando violarla."

"Lloró media hora seguida. Yo apagué las luces, busqué

algo en la radio y me recosté a su lado para que ella apoyara su cabeza en mi hombro. Cuando quise acordar estaba dormida: roncaba despacito y cada tanto hipaba como si siguiera llorando en sueños. No me moví en toda la madrugada, no pegué un ojo, no me pude dormir. Cuando amaneció y por la claraboya del baño entró el primer rayo de luz, se despertó y me pidió que nos fuéramos."

"Cuando volví a Uruguay la casa estaba igual, como si yo hubiera salido a hacer un mandado al almacén de la esquina y como si mis padres, sentados uno frente al otro en la mesa de la cocina, apenas hubieran escuchado un ruido en la calle o un portazo o el paso de un auto, se hubieran distraído una fracción de segundo y de inmediato hubieran recompuesto el silencio en el que estaban enfrascados."

"Todo igual, pero ahora, cuando intento reconstruir esas cosas en mi cabeza, a veces me pasa como si no hubiera sido yo el que regresaba de Buenos Aires y como si las habitaciones fueran en blanco y negro y el aire fuera raro, lento, provocador, y como si no hubieran sido ellos esas dos personas sentadas en la cocina, mi madre mirando el techo, mi padre bebiendo su litro diario de vino, aprontándose para comer o dejando pasar el tiempo, la radio encendida en cualquier estación, la oscuridad cayendo sobre la tierra."

"Una vez cuando era chico e iba a la escuela, durante más de una semana todas las noches alguien pasó frente a la casa y tiró piedras sobre el techo de zinc. Eran piedras pequeñas que caían cerca del mojinete y después bajaban rodando hasta caer fuera del alero con un ruidaje de tormenta atómica. Todos los días, alrededor de la medianoche."

"Yo sentía los pasos en la calle y una vez llegué a ver la

silueta penumbrosa, furtiva, de un hombre envuelto en un largo sobretodo que desaparecía al instante entre los árboles, oculto como un pájaro negro. Todas las noches volvía. Papá se levantaba sobresaltado, mamá no se movía de la cama y mi hermana se tapaba la cabeza con las cobijas y la almohada."

"Papá pensó en un principio que se trataba de algún bromista, incluso de alguno de sus amigos, pero al tercer o cuarto día cambió de parecer y cada vez que era despertado por las pedradas se levantaba furioso, gritando estupideces que trataban de esconder sus verdaderas sospechas."

"Me imagino lo que sería para aquel hombre tener que volver a la cama y tener que colocar nuevamente su enorme cuerpo entre las sábanas heladas sin poder arrimarse a mi madre. La noche después de la última noche esperó despierto, oculto tras la ventana del comedor y con un revólver en el bolsillo, a que el hombre de las piedras volviera a pasar frente a casa, pero una extraña suerte dejó la calle vacía de allí en más."

"Aunque parezca mentira, aquí en la celda las horas de menor silencio son las nocturnas. Todo el mundo parece agitarse tras el crepúsculo, como si esperara algo desacostumbrado o como si esas fueran las horas en que más se extraña estar libre. Se escuchan gritos, golpes sordos o metálicos, murmullos que nunca podré saber de dónde vienen, órdenes, pasos, toses, silbidos, música."

"Yo tengo mi aparato de radio sintonizado en una emisora que pasa música latina. Selene, Juan Gabriel, Shakira, Juan Luis Guerra, Jennifer López, Tito Puente, Willie Colon: todo lo que les gusta a los mexicanos y a los cubanos que van y vienen de un lado a otro de Texas. 'Tex-

Mex', le llaman. Música buena, un poco más movida que la que bailábamos nosotros en la plaza o en los bailes del cine."

"Nunca pude explicarme por qué se suicidó el negro Adán. Todos supimos que se tiró de un último piso cuando estaba arreglando una antena de televisión, porque su mujer lo engañaba, pero ese no debería ser jamás motivo para que un hombre se mate. Apenas sería una razón más para darse cuenta de cómo son las mujeres. Desde que me enteré que se había suicidado, nunca más pude imaginarme los bailes del cine sin él tocando las tumbadoras en el escenario, cantando aquella canción sobre las vecinas de Toledo."

"Hace poco encendí la radio a todo volumen. Estaban pasando salsa y me puse a bailar en la celda. Cerré los ojos, coloqué la mano derecha sobre mi barriga y la izquierda en el aire, a la altura del hombro de la mujer que quisiera acompañarme. Fue divertido. Me acordaba de los bailes del Euskaro y del Sud América y del Rowing, y de Carlitos Goberna y su Sonora Borinquen, de los bailes de la plaza y de la negra Ramona y de Mima y de una vez que al marido de Cristina lo mandaron a Tacuarembó y nosotros salimos a bailar juntos sin importarnos lo que dijera la gente."

"Al poco rato vino un guardia y me dijo algo en inglés. Seguí bailando, como si el tipo le estuviera hablando a la pared. Gritaba desde la ventanita de la puerta hasta que al final la cerró y se fue a la mierda. A los cinco segundos apareció un gusano que hablaba español. '¡Baje esa radio!', gritó. No me di vuelta, no abrí los ojos, seguí contoneándome como si fuera Julio Iglesias. '¡Baje esa radio!' ¿Qué castigo me iba a dar? ¿Cómo se puede castigar a un preso que está esperando de un día para otro que venga un hijo de puta y lo inyecte?"

"Aquí el aire nunca se mueve, pero puedo jurar que esa vez sentí el viento moviendo las ramas de las palmeras y de las araucarias de la plaza, como cuando nos escondíamos a gritarle '¡Joaquín!' al viejo Santiago, o como en el casamiento de Mima en el Juventud Unida, cuando todo el mundo bailaba a toda velocidad aquellos espantosos foxtrots que tocaba la orquesta de Enrique Rodríguez."

"'Por última vez le digo: baje esa radio.' El mexicano había vuelto a la puerta y gritaba desde la ventana y de repente abrí los ojos y lo único que se veía eran sus bigotes y su boca carnosa y sus dientes manchados. '¡Baje esa radio!' ¿Saben que hice? Volví a cerrar los ojos y a seguir bailando. Entonces escuché que la puerta se abría y vi a ochocientos tipos entrar a la celda como si yo estuviera por matar a Kennedy. Arrancaron el cable, tiraron el aparato contra el piso y me dieron unos cuantos empujones. A la mañana siguiente me trajeron otra radio. Seguramente temieron que alguna organización los denunciara por abuso de funciones o por violación de los derechos humanos. Aquí todo el mundo trata de cuidar que yo llegue bien a la hora de la inyección."

"Una de las cosas que más me costó conseguir fue un espejo. Cada dos días venía un guardia con una maquinita de afeitar descartable, una brocha, un poco de jabón y un espejo, y se sentaba a cuidarme y no se iba hasta que yo no terminara. Le expliqué que necesitaba el espejo todo el día, que me tenía que mirar a la mañana y a media tarde y de noche antes de que apagaran la luz, porque no podía ser que sólo me pudiera mirar cada cuarenta y ocho horas, que un día me iba a mirar y no iba a saber quién estaba del otro lado."

"El tipo me dijo que no me podía dejar el espejo porque algunos presos los rompían para cortarse las venas con los pedazos. 'De todas maneras ustedes me van a matar', le contesté. 'Yo he tenido confianza en ustedes hasta el día de hoy. ¿Por qué ustedes no me van a tener confianza a mí?' El argumento pareció conmoverlo y al otro día apareció otro guardia con un espejo de marco de acero, como son todas las cosas de la celda desde la cama hasta la tapa del water."

"En ese momento me acordé de una anécdota de los jugadores de rugby uruguayos que se habían caído con un avión en la cordillera de Los Andes, que habían estado casi dos meses aguantando temperaturas de treinta grados bajo cero y comiéndose a los amigos y familiares que se habían muerto en el accidente. Un periodista les preguntó algo y uno de ellos contestó que apenas se enteraron por la radio de que los dos mensajeros habían llegado a un pueblo cercano y que estaba aprontándose una expedición para rescatarlos, lo primero que hicieron fue ir a peinarse. Es probable que si alguien me ofrece una última voluntad, le pida un frasco de Glostora o de como mierda se llame la brillantina en este país."

"Menos alcohol, casi todo lo demás se puede conseguir en esta cárcel si uno tiene algunos pesos. Cocaína, marihuana, ácido, crack, incluso algún novio. Lamento no haberme hecho adicto a ninguna otra droga que la cerveza, el vino o el whisky, cosas que escandalizan a todos los norteamericanos."

"También, si yo estuviera acostumbrado, estoy seguro de que sería interesante escribir muchas cosas que pasan en la prisión. Algunos condenados a muerte lo han hecho y publicaron libros y se hicieron famosos y ricos y los diarios los entrevistan y la gente les escribe cartas. Aquí el problema es que todos los de afuera creen que tenemos el tiempo contado y no se dan cuenta de que lo que más tenemos es tiempo."

"El día de mi cumpleaños les dije a los guardias que pensaba festejar a todo trapo y al principio me miraron como si yo fuera un estúpido y después me preguntaron qué quería. Les pregunté si podía encargar una torta y una hora después un negro gigantesco y de malos modales apareció con un asqueroso pastel de zanahoria y nueces, de unos veinte centímetros de diámetro y diez de alto que se parecía a un sombrero, con una velita en el medio. La encendió y cerró de un portazo. Antes de ponerla sobre la mesa le pregunté si no podía traerme una cerveza. Puso cara de perro y me dijo que se la chupara. 'Suck my dick', dijo con voz de caverna y se fue."

"En casa siempre se festejaban los cumpleaños aunque estuviéramos frente a la peor adversidad. El último que recuerdo fue cuando cumplí veintiséis, poco después de que yo le dijera a mis padres que había sacado el pasaporte y que pensaba viajar a Venezuela. Papá hizo un asado en el fondo. Siempre había querido tener un parrillero pero al final terminaba prendiendo fuego en el piso y acomodando una parrilla sobre tres o cuatro bloques y arrimando las brasas con un palo de escoba."

"A pesar de que no me dirigía la palabra desde el día en que le dije que me iba, mamá hizo un bizcochuelo y preparó las ensaladas sin salir ni un momento de la cocina. Después me regaló un llavero de metal en el que había hecho grabar mi nombre. El llavero me acompañó casi veinte años y estoy casi seguro de que lo perdí en el Hotel Navarro."

"Estábamos nosotros tres y Silvia, pero parecía que cada uno estuviera solo, sin enterarse de lo que estaban haciendo los demás."

"Antes de que pusiera el asado sobre las brasas papá ya estaba borracho. Iba y venía de la heladera con el vaso siempre lleno, aumentando a cada viaje sus dificultades para caminar. El también estaba callado, pero al fin, cuando se dio cuenta de que yo estaba tan borracho como él, me empezó a hablar. Me contó cosas que ya sabía y otras que no me hubiera imaginado que pudiera decir, como cuando nos llevaba a mi hermana y a mí a la escuela antes de que lo trasladaran para Montevideo. Pintó unos cuadros de dos niños que creo que no salían de su memoria directa ni coincidían con nosotros, sino que los había visto en alguna revista o en programa de televisión."

"Después de comer volvimos a llenar nuestros vasos y salimos al frente mientras mi madre y Silvia limpiaban la cocina. Me preguntó qué iba a hacer en Venezuela y de qué pensaba vivir. Me dijo que por más que viajara nunca iba a estar mejor que en Uruguay, incluso en ningún lugar mejor que en Toledo. Traté de explicarle. Le conté que los conocidos que se habían ido para Venezuela antes de seis meses ya se habían podido comprar un auto, y que trabajando duro en un par de años podías comprar una casa a crédito. Me miró callado, cruzó el portón del frente y se paró en el puentecito que llevaba a la calle. Levantó los hombros y después bebió un trago interminable que sólo detuvo al vaciar el vaso."

"'Es más', le dije, 'si me va bien, primero me caso y después los mando a buscar a vos y a mamá.'"

"'¿Ir con tu madre a Venezuela?', preguntó."

"Comenzó a reír e hizo sin querer un movimiento brusco. Se le escapó el vaso de la mano, trató de agarrarlo en el aire, trastrabilló, cayó sentado en la cuneta, en medio del agua inmunda que venía de los pozos negros."

"'Yo puedo llegar nada más que hasta aquí', dijo sin levantar la cabeza."

4

Si Tapita hubiera nacido en cualquier lugar de Estados
Unidos, en Minnesota, San Francisco o Georgia, y no en la
casa de sus padres, en la calle Tomás Berretta sin número,
Toledo, departamento de Canelones, seguramente hubiera
recibido durante los dos años en que estuvo en prisión una
infinidad de cartas, sobre todo de mujeres y de adolescentes,
y se hubiera hecho objeto de un impredecible número de
poemas y textos de toda índole que le habrían llegado
por correo o que se hubieran difundido a través de malos
suplementos literarios o peores revistas de actualidad, y
no sólo los insultos permanentes y feroces que le hicieron
conocer durante meses las asociaciones y grupos gay de todo
el mundo.

Pero sinceramente no creo que ninguna poetisa, ni
aquí ni en ningún otro lugar del planeta, esté dispuesta a
reclamar para sí alguna remota vez la alternativa de haberlo
conocido dedicándole algunos versos más o menos eróticos
que empiecen diciendo "ya no", "en mi espalda", "en una
tarde de verano" o letanías por el estilo. Tampoco creo que
ningún narrador llegue algún día a plantearse la posibilidad
de convertir su vida en una novela, vida a la que seguramente,
y tras la menor investigación, termine por considerar anodina
o decididamente insignificante. Después de todo, el único
rastro de interés que Tapita ha dejado tras sus pasos es haber
sido el individuo que incendió un hotel de mala muerte a
pocas cuadras del centro de San Antonio, siniestro en el que

perecieron unos veinte homosexuales y lesbianas que por alguna inexplicable razón se daban cita en sus habitaciones.

Hoy, sin embargo, la prensa de Montevideo le dedicó bastante espacio y la noticia de su ejecución tal vez se mantenga entre sus páginas algunos días más.

"¡Inhumanos!", tituló con letras catástrofe La República en su tapa. "El imperialismo ha cobrado la vida de un humilde uruguayo, desatendiendo los reclamos humanitarios provenientes de los cuatro puntos cardinales", decía más abajo. Luego: "Jorge Eduardo González agonizó durante varios minutos tras serle inyectada una mortal combinación de poderosos venenos", y "'El no merecía morir de esa manera', dijo su septuagenaria madre con lágrimas en los ojos". De algún lado sacaron una borrosa foto de Tapita, de pie delante de las Torres Gemelas, con un cigarrillo en los labios y los ojos semicerrados a causa del humo. En la misma tapa se informaba del procesamiento de Juan Carlos Wasmosy, el ex presidente paraguayo, por los cargos de defraudación y peculado, y a un costado un par de títulos menores: "Los manifestantes del Filtro se citaron en la casa de Gianola" y "El Iname con las puertas abiertas: Se fugó uno de los menores que agredió el 21 de julio al periodista de La República Mario Delgado: fue visto en el escenario de la golpiza".

El título principal de El Observador fue "Productores dan carta de crédito al ministro Brezzo", acompañado de un par de explicaciones: "Especial confianza en designación del técnico Notaro como subsecretario" y "Representantes de los principales sectores del agro esperan que el nuevo jerarca reanude el diálogo que cortó Sanguinetti tras el paro rural".

La noticia de la muerte de Tapita apareció en una columna lateral: "Ejecutaron ayer en Hunstville al uruguayo Jorge González. El gobernador de Texas desestimó los reiterados pedidos de clemencia; la sentencia fue cumplida a primeras horas de la mañana". La foto principal daba cuenta de un momento del partido entre Nacional y Peñarol jugado en el Estadio Centenario: "Tedioso empate cero a cero por la Copa Mercosur. El clásico le dio la espalda al fútbol. Fallaron las individualidades y los planteamientos tácticos".

El País tituló "Ejecutaron ayer al uruguayo acusado de matar a veinte personas" y de inmediato reproducía un cable de la agencia Asociated Press. "Tras permanecer más de dos años detenido en la cárcel de máxima seguridad de Huntsville, fue ejecutado ayer en la mañana por inyección letal el ciudadano uruguayo Jorge Eduardo González Broemberg, responsable de la muerte de una veintena de personas en un hotel de San Antonio, Texas, la noche del 1º de mayo de 1997. Las crónicas policiales estadounidenses destacaron la especial furia de González, quien provocó un devastador incendio en un viejo hotel de la referida ciudad sureña, en el que perdieron la vida unos veinte huéspedes. González es el cuarto extranjero -los otros tres fueron de nacionalidad mexicana- ejecutado en la llamada 'Cámara de la muerte' de la prisión estatal de Huntsville en lo que va del año. La sentencia fue presenciada por autoridades carcelarias y un reducido grupo de periodistas, mientras en las afueras del establecimiento un puñado de inmigrantes hispanos volvió a protestar enarbolando pancartas con leyendas contrarias a la pena de muerte y acusando al gobernador George Bush Jr. de directa responsabilidad en las ejecuciones. Pocas semanas antes, entre otras solicitudes, había sido enviada por el Presidente de Uruguay, el Dr. Julio María Sanguinetti, una nota pidiendo clemencia para el confeso asesino, la que fue desestimada por el gobernador Bush tras conocerse el último fallo de la Suprema Corte de Estados Unidos rechazando una nueva apelación."

Más abajo el diario daba cuenta, al pie de una foto de Antonio Pacheco, del empate entre Peñarol y Nacional y de la suspensión, a raíz de las fuertes lluvias, del acto de la Florida, al que sólo habían concurrido el ministro Yamandú Fau y el intendente departamental, y en el que se iba a escuchar un esperado discurso del Canciller, seguramente convocando a los uruguayos a redoblar su confianza en el futuro de la nación.

Ayer por la tarde, poco antes del anochecer, llegó un hombre a casa y se identificó desde el umbral. Me acercó a la cara un carné de periodista y dijo que lo había mandado la madre de Tapita para hablar conmigo, que estaba recabando datos sobre Jorge Eduardo González y que ya había estado con Juan Carlos y con Miguel, quien había venido desde Montevideo para saludar a su tía. Estuve a punto de despedirlo: era un hombre flaco y feo, de piel oscura, ojos tristes y cara de bondad, vestido con una vieja y descascarada campera de cuero que parecía haber pertenecido a uno de sus antepasados, y que cargaba con un ruinoso portafolio en el que guardaba unos papeles amarillentos y un grabador con el que lidió permanentemente mientras me hizo algunas preguntas.

-Soy del diario La República y vine a Toledo a hacer una nota sobre la muerte de Jorge Eduardo González -me dijo con voz tímida-. Ya estuve hablando con la madre y con uno de sus primos, y ellos me dijeron que usted había sido uno de sus mejores amigos.

Lo hice pasar al comedor y le indiqué dónde sentarse. Inmediatamente abrió el portafolios y sacó el grabador, rebobinó el casete, me obligó a escuchar algunas palabras de la madre de Tapita y me hizo una seña como si todo estuviera en orden.

-Cuénteme algo sobre González -murmuró apretando una tecla.

Pidió permiso para encender un cigarrillo, me invitó con otro, pareció sobresaltarse cuando se dio cuenta de que aún no le había dicho una sola palabra.

-Cuénteme algo sobre su amigo, Jorge González.

-¿Qué le dijeron los demás?

-¿En qué sentido? -repreguntó nervioso, haciendo una mueca de desencanto, como si ya hubiera empezado a adivinar que su visita iba a resultar completamente infructuosa.

-La madre, el primo. ¿Qué le contaron?

-Bueno, ellos me dijeron que González se había ido del país hace más de veinte años, pero que siempre volvía, que por lo menos una vez al año, cada dos años, venía a visitar a su familia y a sus amigos.

-Es cierto -le contesté-. Tapita extrañaba mucho. Siempre extrañó mucho.

-¿Tapita? ¿Por qué le decían Tapita?

-Una tarde, cuando era chico, entró al baño y vio a su madre orinando, sentada en el water, y le preguntó qué tenía entre las piernas. La madre le contestó que tenía una tapita, y él después se lo contó a todos sus amigos.

El hombre ladeó la cabeza, escupió una hebra de tabaco y después se pasó enérgicamente la mano sobre la boca y el mentón, como si estuviera reflexionando.

-Pero cuénteme alguna anécdota del Tapita. Esa no la voy a poder publicar. La madre me dijo que usted era uno de los amigos que lo iban a recibir todos los años al Aeropuerto de Carrasco -dijo conteniendo un acceso de tos, carraspeando con decisión.

-Lo fui a recibir las primeras veces, al año, al segundo año después que se fue, pero luego ya nadie lo iba a esperar. Venía cuando quería, no soportaba pasar las vacaciones solo, primero en Caracas, después en Nueva York. Extrañaba. Las primeras veces salimos con él: habíamos sido un grupo bastante unido, pero con el tiempo nos fuimos casando, mudando del pueblo, separándonos. Siempre hacía lo mismo: dejaba a su esposa con los suegros y venía a buscarnos para que lo lleváramos a Montevideo, a algún cabaret, a algún baile. Mientras estuvimos solteros seguimos sus periplos, pero después no lo pudimos acompañar más.

-¿Era un buen hombre?

-Igual que usted. ¿Usted es un buen hombre?

-¿De qué forma?

-Internamente.

-Sí, supongo que sí.

-Mientras algo no se desconecte y en tanto no nos demos cuenta, todos somos buenos hombres internamente.

Asintió con la cabeza, detuvo el grabador, rebobinó la cinta y se acercó al aparato para escuchar lo que había grabado. Ruido, estática, una voz demasiado acelerada, otra demasiado grave como la de una persona escondida en un lugar oscuro. Masculló una arrevesada maldición, apretó otra vez uno de los botones y volvió al ataque.

-¿Qué otros recuerdos tiene de él? ¿Cree que realmente González fue la persona que incendió ese hotel de maricas? ¿Por qué cree que lo hizo?

Le ofrecí un vaso de vino. Quedó en silencio unos segundos como si tuviera que resolver algo importante y al fin aceptó con un gesto de pesadumbre.

-Si el vino le sienta mal, no se sienta obligado. Le ofrezco porque es lo único que tengo para tomar, a no ser agua de la canilla. Ayer compré una damajuanita de cinco litros; es bastante rico, va a ver.

-No, está bien, está bien. Un vaso de vino está bien.

Bebió casi con desesperación, deteniéndose recién al darse cuenta de que estaba a punto de vaciar el vaso.

-¿Vio cómo es esto? Necesito más datos. Hace días que vengo juntando información sobre la cantidad de hombres que han sido ejecutados en Estados Unidos en los últimos años, y la verdad que no es muy habitual que condenen a un uruguayo. Usted sabe que es la primera vez, y siendo uno de los mejores amigos de González, del Tapita, como ahora me entero que le decían, creo que todos deberíamos sentirnos, no le voy a decir más orgullosos o más importantes, pero sí más comprometidos.

-¿En qué sentido? -le pregunté levantando los hombros y haciendo un gesto de desdén con la boca.

-No todo el mundo conoce a un hombre que acaba de ser inyectado con una combinación de poderosos venenos que le causaron la muerte en un par de minutos. No es que nadie deba sentirse orgulloso de eso, pero tampoco es demasiado habitual. La madre me dijo que seguramente Jorge era inocente, que el abogado le mandó una carta diciéndole que se quedara tranquila, que las pruebas eran insuficientes.

-¿Cómo iban a ser insuficientes si él mismo se declaró culpable?

-¿Y a qué atribuye usted que González tuviera tanto odio a los homosexuales? ¿Qué sabe usted de eso? ¿El había tenido algún tipo de problemas en su niñez? -preguntó sobresaltándose nuevamente, poniendo de pronto las manos extendidas sobre la mesa y echando el cuerpo para atrás sobre el respaldo de la silla.

Mi mujer entró a la casa por la puerta del fondo y encendió la radio en la cocina, sin saber que un periodista me estaba entrevistando. "De cara a los próximos comicios", dijo un locutor con voz impostada. Cambió de emisora. Una mujer habló de Ricky Martin, dijo "la locura latina" y a continuación sonó un falsete de trompeta.

-Creo que fue pura casualidad. Creo que Tapita podía haber incendiado esa noche un hotel de fisicoculturistas o el lugar donde se reunían los tipos más rematadamente masculinos del mundo. Sencillamente se equivocó de lugar.

-¿Qué quiere decirme con eso?

-Eso, nada más que eso. Que entró a un lugar equivocado, que no le correspondía, y que actuó en consecuencia.

-¿Usted cree que cada hombre que se equivoca de puerta tiene el derecho o el deber de incendiar el lugar adonde llegó y dejar morir a veinte personas? -dijo sin que su voz adquiriera un tono incriminatorio, llevándose otra vez el vaso a la boca y terminando de un trago el resto de su contenido.

-No sé. Yo estoy muy lejos para evaluarlo, y además siempre estuve en el mismo lugar.

Hizo un gesto de interrogación con las cejas y acercó el vaso vacío al centro de la mesa, donde estaba la botella de vino. Le volví a servir, lo volví a mirar beber con fruición.

-Nadie sabe por qué un hombre mata a otro. Son mentiras, estupideces, esas teorías que señalan que alguien se convierte en asesino porque el padre le pegaba cuando era un niño, o que alguien termina matando cincuenta y tres prostitutas porque un día la madre lo dejó encerrado en el baño para acostarse con uno de sus vecinos. ¿Usted cree en eso?

Asintió con cierta melancolía, con un dejo de resignación, como si él también fuera parte de una trama similar y pasara cada uno de sus días alerta ante el peligro del tic que lo pudiera transformar.

-Esas teorías no son del todo descabelladas -dijo en tono apagado, como si estuviera al tanto de un secreto que las pudiera confirmar.

-Nada en la historia del Tapita indicaría que en algún momento él se vio compelido a incendiar un hotel donde murieron veinte homosexuales y lesbianas a unas cuadras del centro de San Antonio, en el sur del estado de Texas, en Estados Unidos -le mentí-. Puede usted salir a caminar por las calles del pueblo y no encontrar ningún indicio de un destino similar. Puede ir a la plaza, a la escuela pública, a la plaza de deportes, a la Escuela Militar, a la estación del ferrocarril, a la Palmita, a la cancha de la Liga, al Batallón de Paracaidistas, y en ninguno de esos lugares va a encontrar la menor señal de un individuo tan cruel como para matar a tanta gente en una sola noche y sentir después un arrepentimiento relativo.

-¿A qué le llama "arrepentimiento relativo"?

-No lo sé con exactitud, pero es obvio que Jorge no terminó de asumir sus culpas. Una cosa es sentir culpa y otra muy distinta es sentir tristeza.

No me entendió. Creo que ninguno de los dos lo hicimos. Encendió un nuevo cigarrillo y dejó la caja sobre la mesa para que yo me sirviera. Tosió. Mi mujer cambió nuevamente de radio. Alguien dijo "La lluvia nos obligó a suspender el acto en el que habrían de realizarse importantes anuncios".

-Cuénteme cómo fue su primer regreso.

El botón del grabador saltó solo. Se apuró a abrir la tapa y extrajo el casete con un rulo de cinta sobresaliente. Hizo girar una de las rueditas con la punta de su dedo meñique y lo volvió a colocar dentro del aparato. Apretó otra vez uno de los botones y esperó un instante.

-Cuénteme cómo fue su primer regreso.

-Traía regalos, yo qué sé. Lo fuimos a esperar el padre, dos amigos y yo y Silvia, la mujer que ahora es la viuda de Tapita y que por aquel entonces era la novia que había quedado esperando que él la mandara a buscar desde Venezuela. Le había prometido que se iban a casar apenas consiguiera trabajo, pero él se alojó en una pensión y se hizo amante de la dueña, una mujer mayor que le dio de comer y lo hospedó durante algunos meses. "José Tomás Boves" se llamaba la pensión. El nombre de un héroe menor, violento, que se enfrentó a los españoles pero también a Simón Bolívar, a quien avergonzó militarmente obligándolo a huir de Caracas. Un caso extraño.

-¿Y la muchacha qué hizo?

-Silvia nunca fue una mujer bonita, así que prefirió seguir esperando. Esa vez, la primera vez, tampoco se casaron. Le dijo que apenas completara un dinero para comprar una casa venía a buscarla. Se casaban acá y se iban a vivir juntos. Mi mujer entró al comedor y el hombre se apuró a detener el grabador. Le expliqué lo que estaba pasando. Ella lo miró con desconfianza y volvió a la cocina. Otra vez cambió de emisora y bajó el volumen de la radio.

-Esa primera vez, apenas nos encontramos en el hall del aeropuerto, Tapita dijo que había visto la casa de los padres desde el avión, pero nadie le creyó. "Vi la plaza, el Juventud Unida, la Escuela Militar. Después volamos sobre Instrucciones y pasamos por arriba de Manga", contó entusiasmado. "¿No viste a mi perro haciéndote adiós con la pata?", le pregunté burlándome. Todo el mundo se rió a carcajadas. Yo no tenía perro. Nunca tuve perro. A mí nunca me gustaron, y a mi mujer tampoco.

-¿La gente de Toledo cree que González fue un hombre bueno?

-La gente de Toledo no conoce a Tapita. Ahora les parece que se acuerdan de él por todo esto de la ejecución y porque lo vieron en los diarios y en la tevé, pero la última vez que vino, tres o cuatro días antes del incendio, nadie se acordaba de él a no ser la madre y algunos amigos como yo. Pero tampoco lo fuimos a esperar ni nos interesó que él estuviera aquí de nuevo, como hacía casi todos los años.

-¿A qué venía entonces?

-Venía por la misma razón por la que usted se mira todas las mañanas al espejo.

El grabador volvió a interrumpirse. El hombre puteó en voz bastante alta y agarró el aparato con más ira que fastidio, golpeándolo contra la mesa. Evidentemente mi mujer escuchó su imprecación porque de inmediato subió el volumen de la radio. "No hay una propuesta de gobierno estable, no hay un programa que cumpla con las necesidades de la población ni con los tiempos que corren", se escuchó. Dio muestras de derrota y guardó el grabador en su portafolio, dejándolo caer entre los papeles.

-¿El nunca se planteó volver?

-Todos los días. Yo mismo le dije hace tres o cuatro años que si quería volver precisaba cien mil dólares. No debía tener guardados ni cien. Le dije: te comprás una panadería o un par de taxis, pero si no tenés cien mil dólares no vuelvas porque te morís de hambre.

Me miró a los ojos, demoró en asentir como si estuviera sacando cuentas.

-Es mentira que le dijeran Tapita por lo que le dije -le expliqué con misericordia-. Le decían así porque cuando era chico, durante casi todo un año se le dio por juntar tapitas de Coca Cola y el padre le enseñó a hacer una especie de felpudo. Clavaba las tapitas sobre una plancha de madera para poner en el umbral de las casas, para que la gente se pudiera limpiar los zapatos, y después se los regalaba a los vecinos. Todos los días salía a buscar tapitas, a la hora del recreo y después de clases, en el bar de Saúl o en la cantina del club. No había quién le hiciera hacer otra cosa hasta que al final alguien le puso Tapita y le quedó para el resto de la vida.

-¿Cómo era el padre? ¿Dónde está?

-Muerto. Un día se sintió cansado de vivir y fue al médico. Lo diagnosticaron, le dieron dos meses de vida, y exactamente a los dos meses se murió.

-¿Qué quiere decir con "cansado de vivir"? Usted habrá querido decir "cansado". Solamente. Cansado.

-No: "cansado de vivir". El hombre descubrió que estaba cansado de vivir. Primero se dio cuenta de que ya no había demasiadas cosas que le interesaran en la vida, sobre todo después de que los hijos se fueron. Primero la hija a Buenos Aires, y después Tapita a Venezuela. ¿Qué iba a hacer con su mujer, solos en la casa? Primero tomó conciencia de que no tenía ningún interés en seguir vivo, y después se sintió cansado de vivir.

-¿De qué murió?

-De cirrosis.

-De cirrosis se mueren los alcohólicos, no los cansados de vivir.

-Efectivamente. El padre de Tapita pasó los últimos años de su vida borracho como una cuba y marrón como la tristeza.

-¿Marrón en qué sentido?

-Marrón. Marrón. ¿Usted cree que la tristeza es azul, como dicen los norteamericanos? ¿Usted vio alguna vez algo más marrón que un hombre triste?

-¿No le molesta? -preguntó en voz baja acercando nuevamente el vaso vacío a la botella de vino.

-¿Vio? Le dije que era un buen vino. Yo siempre compro el mismo- le comenté con una sonrisa a flor de labios, señalándole la caja de cigarrillos, pidiéndole permiso para agarrar otro-. Mi mujer a veces me ayuda, pero en realidad ella casi nunca toma.

"Un crimen sin resolución. Una historia que nunca llegará a su final. Un alegato acerca de lo que fuimos, un testimonio de lo que somos", dijo una mujer en la radio. El aviso de un libro. Nada real. "Quizás el tiempo termine por indicarnos la verdad que se oculta entre tantas mentiras."

-¿Van a traer el cuerpo?

-¿Qué cuerpo?

-El cadáver de González.

Debo haber hecho un gesto desproporcionado que el hombre tradujo como despectivo. No fue mi intención, sinceramente. Nadie iba a costear el traslado de Tapita, ni su madre, ni su mujer que no se había movido de Nueva Jersey ni había estado presente durante la ejecución, ni mucho menos la Cancillería. Seguramente sería sepultado en algún cementerio de Texas, colocado en un cajón de pésima calidad, envuelto en un lienzo ordinario, retirado de inmediato de la camilla de sábanas azules y correas de cuero que la cruzaban transversalmente.

Acompañé al periodista hasta el portón. Me agradeció en un tartamudeo y levantó la mano, con dificultad o torpeza, para despedirse. Lo vi marcharse calle arriba con las piernas ligeramente titubeantes, como si hubiera tomado más vino del que le había ofrecido o como si viniera de un ayuno muy largo.

Tituló la nota que hoy apareció en el diario de modo emotivo y lacónico: "Toledo, el pueblo donde nació Jorge Eduardo González, asistió consternado a la noticia de la ejecución". Seguramente la madre de Tapita le había proporcionado una foto de hace unos veinticinco años en la que él aparecía, de traje y corbata, junto a Juan Carlos,

Enrique, Miguel, Roque y yo alrededor de una mesa de lata, vasos de cerveza en alto, sonrisas exageradas, la noche del casamiento de Mima, a los fondos del Juventud Unida.

El periodista dedicó los primeros párrafos a repetir las novedades que habían transmitido las agencias internacionales y después agregó una serie de datos sobre los condenados a muerte.

"Desde 1990 han sido ejecutadas en Estados Unidos más de 350 personas, mientras que en sus atestadas cárceles de alta seguridad esperan igual condena unos 3.300 detenidos. Sólo en Huntsville unos 450 presos aguardan su cita con la muerte."

"Mientras que en más de cien países la pena capital se ha abolido, en Estados Unidos la tendencia parece ser la contraria y la misma se aplica en 38 de sus 51 estados."

"La pena no respeta edad ni condición mental, y es aplicada mayoritariamente sobre individuos pertenecientes a las minorías raciales y de inmigrantes. Los negros, que constituyen el 12 por ciento de la población estadounidense, son sin embargo el 42 por ciento de los condenados. Las mujeres tampoco escapan a la brutalidad del sistema judicial yanqui. Desde 1977, año en que se reanudaron las ejecuciones, ya fueron tres las integrantes del sexo femenino muertas en las prisiones estatales, la última de ellas el año próximo pasado, Karla Faye Tucker. Hoy, otras 43 mujeres, en cárceles de 15 estados, esperan la hora de su ejecución."

"Entre 1930 y mediados de la década del 70 fueron ejecutadas en Estados Unidos 3.859 personas, de ellas más de la mitad de raza negra, mientras que en los estados del Deep South o Sur Profundo el porcentaje de hombres de color muertos en las cárceles ascendía a casi el 90%."

"La cantidad de presos en Estados Unidos asciende al escalofriante número de 1.700.000 personas. Más de la mitad de ellos pertenecen a la raza negra."

La nota daba cuenta de los pedidos que algunas organizaciones vienen realizando en forma permanente a las autoridades de aquel país para que se detenga definitivamente la aplicación de la pena de muerte, y repetía después algunos párrafos de las solicitudes de clemencia que habían llegado al gobernador Bush por el caso de Tapita, incluso un par de líneas de la enviada por nuestro presidente.

"A mediados de noviembre del año pasado Martín E. Gurule, un mexicano acusado de dar muerte al dueño de un restaurante de Corpus Christi, intentó igualar la leyenda de Bonnie y Clyde, convirtiéndose en el único hombre en más de sesenta años en escapar de la prisión de alta seguridad de Huntsville, la misma en la que en el día de ayer fue ejecutado Jorge González."

"Durante una semana entera más de quinientos efectivos policiales apoyados con helicópteros, vehículos todoterreno, motos, caballos y perros, buscaron en un área de más de doce kilómetros alrededor de la cárcel sin hallar al fugitivo, quien fue el único de siete presos que habían planeado una espectacular fuga que se atrevió a desafiar la balacera desatada por la guardia del establecimiento."

"Tras embarrar y pintar con marcadores negros sus uniformes de color blanco, los siete hombres se escondieron en un patio luego de uno de los recreos, y esperaron la llegada de la noche para atravesar los retenes armados. Sin embargo, un vigilante logró ver al grupo y alertó al resto de los carceleros, quienes abrieron fuego a discreción. El único de los siete detenidos que terminó descolgándose pared abajo hacia el exterior fue Gurule. Unos días después la policía del estado estuvo a punto de suspender la búsqueda, suponiendo que el detenido habría llegado hasta orillas del río Trinity para dejarse arrastrar por la corriente rumbo a la ciudad de Houston."

"Y efectivamente, una semana después de la fuga, su cadáver fue hallado por dos pescadores flotando en las orillas del mencionado río, a apenas seis kilómetros de la prisión. El estado de descomposición de Gurule indicaba que llevaba varios días en el agua."

"Toledo es un pueblo apacible. En sus calles nada indica el menor indicio de violencia. Pero durante estos dos últimos años sus vecinos siguieron con especial atención las noticias que llegaron a diario desde la prisión de Hunstville, donde estuvo recluido Jorge Eduardo González, un muchacho que había partido hace más de veinte años, al igual que miles de uruguayos, a buscar mejor suerte en otros lugares del mundo."

"El pueblo ayer despertó consternado, absorto, tras enterarse de la ejecución por inyección letal de su querido "Tapita", apelativo con el que era conocido desde su infancia."

"'El no merecía morir de esa manera', dijo a este cronista la septuagenaria madre de Jorge González con los ojos anegados en lágrimas. Tras serenarse, agregó: 'El era un hombre bueno y nadie se explica cómo se vio envuelto en los hechos por los que fue condenado'."

"'Nosotros lo íbamos a esperar todos los años al aeropuerto', comentó por su parte uno de sus viejos amigos. 'Jorge extrañaba mucho y venía casi todos los años a visitar a su madre y a sus amigos. Nosotros lo íbamos a recibir y nos reuníamos a diario. A él le gustaba volver a aquellos lugares que frecuentábamos en nuestra juventud. Cada una de sus visitas era una fiesta'."

5

No queda claro en la Biblia si Caín fue condenado a muerte o al destierro, aunque se supone que por la gravedad de su crimen el castigo mayor, el más doloroso del que podía ser objeto, fue tener que abandonar su tierra y marchar sin rumbo por lugares definitivamente ajenos durante el resto de sus desdichados días. Es también en la Biblia donde aparecen los desgarradores relatos del pueblo hebreo padeciendo en sitio extraño por décadas enteras hasta que Moisés, tras un oscuro y sangriento pacto con el caprichoso Jehová, tras una estúpida sucesión de negativas, devastadoras plagas y nuevas negativas, logra convencer al rey de Egipto de dejarlos marchar hacia la tierra prometida. Aquellos hombres desperdigados por el mundo una y otra vez, lejos de su hogar.

"Junto a los ríos de Babilonia, allí nos sentábamos y aun llorábamos, acordándonos de Sion", dice uno de los Salmos. "Sobre los sauces en medio de ella colgamos nuestras arpas. Y los que nos habían llevado cautivos nos pedían que cantásemos, y los que nos habían desolado nos pedían alegría, diciendo: Cantadnos algunos cánticos de Sion."

"¿Cómo cantaremos cánticos de Jehová en tierra de extraños? Si me olvidare de ti, oh Jerusalén, pierda mi diestra su destreza. Mi lengua se pegue a mi paladar, si de ti no me acordare..."

Los griegos refinaron judicialmente la condena del destierro: crearon un organismo al que llamaron Tribunal de la Concha, que decidía la suerte del subversivo, y mandaron a hacer un pequeño cuenco de arcilla de forma dudosa o decididamente impúdica al que llamaron ostracón y sobre el que tallaban el nombre del condenado: Temístocles, Arístides, Cimón... Los arqueólogos hallaron en el ágora de Atenas más de mil seiscientas de esas piezas, fruto de una época de ferocidad penal. El destierro pasó a llamarse ostracismo: diez años en lo recóndito, en lo maldito, en lo desconocido, sin perder sus propiedades pero lejos de las personas amadas, lejos de la casa y del árbol familiar, lejos del sol de la mañana dando sobre la sábana tendida en el patio, del reflejo metálico de la luz sobre la empapada textura.

Las primeras novias de Tapita fueron fugaces, efímeras. Cuando terminó la escuela, los padres lo mandaron un par de años al liceo de Pando, pero luego de perder el primer curso y de no salvar ningún examen al año siguiente, él mismo decidió que su futuro evidentemente no pasaba por los libros de texto ni por las tablas de cálculo y les comunicó que quería empezar a trabajar. Deambuló durante otros dos años por la plaza, por las canchas, por el bar de Saúl, por los andenes de la estación, por la cancha de básquetbol del club Juventud Unida, dejando ver su figura desgarbada y sus perezosos pasos hasta que su padre logró ubicarlo como ayudante en el camión de reparto de un amigo que vendía hortalizas y vinos. No duró demasiado: cuatro o cinco meses. Se dormía en las mañanas, se equivocaba en los pedidos, trataba con desgano a los clientes o se metía con las mujeres de los almacenes que visitaban, fueran lindas o feas, viejas o jóvenes, solteras o casadas.

Una noche de sábado apareció en el club de la mano de una de las muchachas más bonitas del pueblo. Estuvieron un rato viendo una partido de fútbol de salón, la invitó con un refresco, se paseó delante de nosotros haciéndonos guiñadas. Después fueron a caminar por las penumbrosas callecitas y más tarde se sentaron en uno de los destartalados bancos de la plaza, debajo de las altísimas palmeras. Los vimos hablar casi hasta la medianoche: cada tanto Tapita miraba hacia las mesas del frente del club y estoy seguro de que hubiera preferido tomarse una cerveza con sus amigos y abandonar a su suerte a aquella muchacha trémula que parecía no poder detener su obsesiva conversación. De pronto, desde una de las araucarias cruzaron el aire, silbantes, tal vez amenazadoras, dos lechuzas que detuvieron su vuelo en un hueco cavado en una de las palmeras, en su parte más alta y delgada, debajo de las fatigadas ramas. La muchacha pareció asustarse y se arrimó al Tapita; él la abrazó y le dio un beso en la mejilla.

-Quiero irme -dijo ella.

Tapita se puso de pie sin dejar de abrazarla y se perdieron calle abajo. A los cinco minutos estaba sentado con nosotros: pidió una cerveza, preguntó de qué estábamos hablando y miró por un segundo a la ahora desierta plaza, seguramente esperando ver otra vez aquel vuelo majestuoso y breve, el chirrido helado cortando la oscuridad.

Unos meses después entró a trabajar en una barraca de maderas de la Aguada, cerca de la Estación Central. Era obvio que tampoco duraría mucho en ese puesto: debía levantarse a las cinco de la mañana, tomar el atestado tren de cinco y cuarenta que venía de Cerro Colorado, pasarse entre ocho y diez horas diarias cargando tablas, listones y troncos, aspirando aserrín, destrozándose las manos, y regresar con un cansancio de todos los demonios en el tren con destino a Casupá de dieciséis y treinta, por un salario miserable que era capaz de gastar en una sola noche de sábado bebiendo cerveza en la cantina del Euskal Erría, recostado al mostrador de lata, dejándose aturdir por los acordes de Camagüey y de Borinquen, mirando pasar frente a sus narices a las mujeres que rara vez le prestaban atención.

Estuvo ennoviado durante dos semanas con una muchacha a la que los padres le decían Mima. Ella era hermosa por ese entonces, y prometía serlo más aun, una vez que los años y la práctica del amor terminaran de poner a punto sus atributos. Los padres de Mima vivían frente a casa y él venía a sentarse conmigo en las tardecitas de verano para poder verla. Fumábamos, charlábamos vaguedades: era difícil hablar con él, sobre todo si su atención estaba centrada en los movimientos de aquella casa, en las ventanas a veces atravesadas por siluetas domésticas, inocentes, en la puerta que cada tanto se abría para dejar escapar una franja de luz, un hilo turbio y apacible que no siempre se correspondía con la presencia de alguna persona.

Mima comenzó a asomarse cuando se dio cuenta de que era vigilada por Tapita. Aparecía brevemente en el umbral, se detenía con los brazos en jarra, la cabeza espléndida mirando hacia el patio como si estuviera buscando algo, y después volvía al interior de la casa. La ínfima perversión de aquellos encuentros a distancia fue perfeccionándose cuando ella, tras las cortinas de su ventana, simulaba desnudarse sabiendo que desde el exterior sólo se veía su oscura silueta. Se colocaba de perfil bajo la lamparilla cenital, desabrochaba los botones de su blusa, se agachaba como si estuviera deslizando hacia abajo su pollera.

Una noche Mima atravesó el patio y se paró debajo de uno de los paraísos de la vereda. Quedó como escondida, envuelta en la semioscuridad del árbol, esperando. Tapita cruzó de inmediato y se le acercó. Hablaron unos minutos y ella se fue corriendo para la casa. Cuando él regresó, me dijo que le había preguntado si no quería ser su novia y que ella le había dicho que lo tenía que pensar.

Llovió ferozmente durante dos noches seguidas. A la tercera Tapita llegó con religiosa puntualidad y volvimos a sentarnos en el frente. En la casa de Mima todo el mundo parecía abrazado por una actividad desconcertante. Los dos hermanos menores estaban jugando en el patio y la madre entraba y salía llamándolos, imprecante, obsesionada. Después el padre salió con una silla y un martillo en la mano y se puso a golpear como un loco: los martillazos sonaban como disparos y aquel brazo subiendo y bajando a toda velocidad parecía enorme, capaz de algo terrible. Luego apareció nuevamente la madre cargando una caja de cartón con papeles y basura y dejó caer el contenido a orillas de la cuneta. Encendió un fósforo y lo acercó a unas hojas de diario: el fuego fue breve y los restos carbonizados flotaron en el aire y volaron hasta nosotros, formando un ceniciento reguero sobre la grava de la calle. Demoraron más aun en calmarse. Quince minutos después, cuando ya nadie quedaba fuera de la casa, se encendió la luz en el cuarto de Mima y su silueta apareció en el rectángulo de la ventana. Llevaba puesto un buzo que se quitó con dificultad, despeinándose. Se desabrochó el sostén, lo sostuvo entre los dedos para que sus formas fueran evidentes y lo dejó caer. Después se llevó las manos al generoso pecho y se puso de costado. Se arregló

VENENO | Hugo Fontana

el pelo, desapareció y apareció otra vez en la confusa luz. Volvió a desaparecer. Apagó la bombita.

Tapita fue con Mima a la cancha de la Liga el siguiente domingo, cuando el San Jorge y el Libertad estaban jugando la final del campeonato. Se paró a distancia de nosotros pero en un lugar en donde era particularmente visible. Se lo adivinaba feliz y pareció no importarle demasiado que San Jorge terminara ganando tres a cero y que poco antes del final del partido se armara una descomunal gresca provocada por algunos hinchas del Libertad que no se conformaban con semejante derrota. Tapita y Mima salieron de la mano y él la acompañó hasta la casa. Se despidieron con un beso a la sombra del paraíso mientras la madre de ella espiaba detrás de la puerta. Por la noche Tapita no fue al club ni al bar de Saúl y no lo vimos durante el resto de la semana. Lo encontramos el sábado siguiente en el baile del club Cholito, siempre con Mima de la mano. Bailaron durante toda la noche, hasta no poder discriminar en sus rostros el cansancio ni la felicidad.

El noviazgo continuó una semana más hasta que Tapita volvió a encontrarse con nosotros en el bar de Saúl. Pidió permiso para jugar al casín, tomó uno de los tacos, nos desafió no recuerdo si a mí o a Juan Carlos, y quedó en silencio hasta el fin de la partida. Todo indicaba que esa sería una noche como todas: la cara de aburrimiento de Saúl detrás del alto mostrador, la quietud de Roque sentado en la escalera de ladrillo de la estación al otro lado de la calle, los últimos ómnibus de Cutcsa detenidos en la esquina esperando partir rumbo a Montevideo, algunos muchachos acicalados para algún baile acercándose a la parada, el viejo Peralta recogiendo el cartel de la quiniela y aprontándose para cerrar el quiosco.

80

-Le pedí que se acostara conmigo -dijo de pronto Tapita sin que nadie se hubiera atrevido a preguntarle nada-. La invité para ir al Montjui.

Lo miramos sin entender. Fumaba recostado al billar, el taco aún en la mano, un gesto en el rostro que indicaba que jamás podría entender a una mujer.

-Me dijo que era muy pronto, que hacía muy poco que éramos novios, que en realidad ella le había prometido a la madre que iba a llegar virgen al matrimonio y no sé cuántas estupideces más dijo sin mirarnos, como si estuviera solo en mitad del campo.

-Pero esa no es razón para que dejen de ser novios -le dijo uno de nosotros, tratando de consolarlo.

-Me dijo que no me quería ver más, que no fuera a buscarla a la casa nunca más.

Dos años después Mima se arregló con Luis Alberto Ciappesoni. Fue un noviazgo breve; a los pocos meses se casaron y antes del año tuvieron una hija a la que llamaron Alba. Era un matrimonio conveniente para ella: Luis Alberto trabajaba con sus padres en una mueblería de la avenida General Flores y todo indicaba que en pocos años quedaría como único dueño del negocio y seguiría aumentando sus ingresos, ya para aquel entonces nada despreciables. Debajo de su apariencia amable se escondía un hombre virulento, irascible. A los dos meses del nacimiento de la niña, Tapita decidió ir a la casa de Mima. Fue después del mediodía, a sabiendas de que el marido estaría trabajando en Montevideo y de que ella estaría sola. Se sentó en una de las sillas del comedor, encendió un cigarrillo y le pidió que se quitara la ropa con la misma lentitud con que lo había hecho aquellas noches de verano en la casa de los padres, detrás de las cortinas. Mima accedió con una leve sonrisa que apenas le rozaba los labios y comenzó a desabrocharse la blusa.

Después de su trabajo en la barraca de maderas, Tapita se empleó en una papelera a pocas cuadras y con el mismo horario, por lo que tuvo que seguir madrugando y compartiendo los viajes en tren con todos los obreros tempraneros que venían de Sauce, de Santa Rosa y de San Ramón. Un buen número de ellos era ferroviarios que descendían en Peñarol o en Lorenzo Carnelli: iban tomando mate y fumando, hablaban en voz muy alta, hacían todas las mañanas las mismas bromas soeces a las que él terminó acostumbrándose y celebrando como si ya hubiera decidido compartir el destino de aquella gente. Su nuevo trabajo no era mucho mejor pago pero sí más aliviado y más limpio que el anterior; lo habían destinado a la sección de corte de papel higiénico y todo lo que tenía que hacer era recoger los rollos una vez que las sierras de la cortadora habían trozado las bobinas. Terminaba su turno, se duchaba y cuando tenía tiempo recorría los atestados andenes de Central o se sentaba a tomar una copa en un bar de Paraguay y Galicia mirando a los viajeros que iban y venían desde la estación al centro, como si ese enjambre de mínimos migrantes cargando desvencijadas valijas o atados de ropa fuera un espectáculo de importancia, factible de encerrar algún misterio.

En ese mismo bar citó a Cristina por primera vez y desde allí marcharon para una casa de huéspedes de mala muerte en la calle Francisco Acuña de Figueroa. Cristina era diez años mayor que él, casada, madre de dos varones, y vivía con su marido a media cuadra de la casa de Tapita.

El marido de Cristina era capataz de unas cuadrillas de la UTE que debían recorrer habitualmente el interior, y cuando la relación entre los dos se fue afianzando, no les resultó difícil pasar juntos noches enteras bebiendo cerveza y haciendo el amor mientras los niños dormían y el hombre de la casa pernoctaba en Paso de los Toros, Minas de Corrales o Fraile Muerto.

Tapita estuvo en la fábrica de papel durante más de un año, hasta el día en que una de las sierras le seccionó los dedos de una mano a un compañero que había ido a trabajar borracho. El muchacho, no mucho mayor que Tapita, comenzó a gritar desesperadamente con la mano en alto y la sangre saliendo a borbotones de sus falanges mochadas. A los quince o veinte minutos llegaron dos enfermeros en una ambulancia y lo llevaron al hospital del Banco de Seguros, mientras un empleado intentaba limpiar el piso con un balde de agua y un lampazo y otros separaban las bobinas que se habían manchado con la sangre y que ya no podrían utilizarse. Al otro día Tapita pidió que le liquidaran el sueldo y no fue más.

Los días en que el marido de Cristina no estaba en Toledo, ella dejaba encendida la luz del frente de la casa hasta después de la medianoche. Tapita atravesaba un angosto patio lateral bordeado por un cerco de ligustros y se acercaba a la puerta del fondo. Si los niños ya se habían dormido, él sabía que ella estaría esperándolo con un plato de comida casera, sentada a la mesa de la cocina, los ojos atentos al vidrio esmerilado de la ventana transversal, y apenas su sombra cruzara tras él, ella correría a abrir la puerta. Cristina era una mujer robusta, de pelo crespo y ojos claros, de tez ligeramente cetrina y un severo tono de voz que sólo algunos atrevidos deleites del sexo lograban suavizar. El nacimiento de los hijos le había abultado el vientre, pero a Tapita le gustaba acariciar la oscura mata de vello, jugar con los dedos entre los labios de la vulva, lamer de esa concha de subido, poderoso aroma, como si pudiera dejar allí algo escrito -supuestamente imborrable- con la punta de su lengua.

Por ese mismo tiempo intentó vender puerta a puerta los más variados objetos, desde enciclopedias ilustradas y diccionarios de inglés hasta chacinados y ropa interior de dama. Era gracioso verlo a media mañana salir a tomar el ómnibus para Montevideo vestido de traje y corbata, cargando un rasposo portafolios de cuero en el que llevaba folletos y muestras, y acaso hubiera sido más gracioso aún verlo caminar por cualquier barrio tratando de convencer a las vecinas, de modo casi siempre infructuoso, de las virtudes de aquello que comercializaba. Después le consiguieron el trabajo de guarda en Cutcsa, después se fue para Buenos Aires, después volvió, buscó sin la menor suerte por dos o tres veces más un trabajo más o menos estable y después se fue para Venezuela.

Entre tantas idas y venidas, entre tanta inconstancia, siguió visitando a Cristina por las noches y a Mima a la hora de la siesta, y tuvo otras novias que nunca le duraron más de uno o dos meses. Una tarde se dio cuenta de que el cuerpo de Mima estaba lleno de moretones. Una larga serie de cardenales azules y amarillentos le cruzaba los muslos, las nalgas y la espalda. El marido la había golpeado por primera vez y de allí en más esas marcas comenzarían a ser frecuentes y cada vez más despiadadas. Paradójicamente, las huellas de esa violencia íntima parecían excitar más a Tapita en lugar de provocarle algún tipo de indignación. Se quedaba largos minutos mirando la piel amoratada de aquella mujer evidentemente indefensa, que sólo parecía encontrar venganza engañando a su marido. Era como si los golpes resultaran, por razones distintas para cada uno de los dos, capaces de unirlos más, de apasionarlos hasta sentirse fuera de todo control. Las tardes de sexo se hicieron entonces más fogosas, y sólo eran interrumpidas por los llantos de Alba, quien sin embargo solía dormir profundamente durante las dos o tres horas posteriores a su almuerzo.

Después de aquella primera paliza Mima fue más desenfadada, más atrevida, y ambos se dedicaron a investigar y a desentrañar un puñado de secretos corporales que hasta entonces les habían resultado ocultos. Pero para Tapita todo seguía concluyendo en aquella escritura veloz y desaforada que gustaba imprimir entre las piernas de su amante, fuera o no correspondido. Mima le prometió una tarde que se iba a afeitar y al otro día lo esperó con el pubis aún irritado. Tapita estuvo más de media hora mirando y acariciando y besando la desnuda forma de la concha de aquella mujer que se había recostado en la cama con los ojos entornados y con una ligera sonrisa en los labios, con un estremecimiento esencial en el cuerpo como si en esa brevedad estuviera ofreciendo todo lo que tenía para dar en la vida.

Una noche de verano cruzaron el portón del club un hombre, una mujer y un niño. Tapita ya había regresado de Buenos Aires y nos hablaba acerca del tamaño de la ciudad. Roque, quien con los años había ido corrigiendo las fallas de su comportamiento, miraba sin dar la menor señal de interés desde uno de los bancos del patio. Juan Carlos, Enrique y yo escuchábamos aquel relato a todas luces exagerado: edificios de cincuenta pisos, avenidas de diez carriles, estaciones del ferrocarril de las dimensiones de un estadio. El hombre, la mujer y el niño se acercaron al viejo Carabajal, que estaba recostado al marco de la puerta. El hombre le preguntó dónde quedaba el baño y pidió permiso para que pasara la mujer.

-El baño queda en el fondo, pero está mugriento como un chiquero -les respondió el viejo en voz alta, estridente.

El baño era una letrina de portland entre dos paredes de descascarados azulejos llenas de pinceladas y salpicaduras de mierda, siempre maloliente y detestable. Una vez yo había visto a una araña atrapar a una hormiga en el borde superior del orinal: apareció de pronto frente a ella y empezó a girar a toda velocidad envolviéndola con su tela. La hormiga intentó por dos veces cambiar su camino, pero cuando quiso emprender un nuevo rumbo tenía las patas y el cuerpo maniatados.

-Aquí nunca limpian los baños -continuó el viejo a toda voz, metiéndose las manos en los bolsillos, balanceándose en el umbral de la cantina.

El hombre y el niño se sentaron en un banco largo de madera, mirando el piso de grava y arenisca. El hombre levantó la cabeza para darle a entender a Carabajal que lo estaba escuchando y apretó contra su abdomen una pequeña mochila de lona azul donde seguramente cargaba las pertenencias más importantes de su vida. El niño movió en redondo las piernas regordetas que no llegaban al suelo y miró a su padre. Carabajal había llegado al pueblo un par de años antes y se había hecho socio y cliente del club; tenía dos jubilaciones, una de soldado y otra de policía, y algunos se atrevían a decirle "milico dos veces" y "milico doble" y él parecía aceptar esas bromas.

-Siempre están tapados de mierda. Siempre -siguió farfullando el viejo.

Desde adentro del baño se escucharon ruidos de descompostura, un pedo, una tos. El hombre volvió a bajar la cabeza y el niño pareció querer recostarse a su padre. Carabajal volvió al mostrador y los dejó solos. Tapita miró al hombre desde la mesa que ocupábamos e interrumpió un segundo su descripción de la calle Corrientes y de un cabaret adonde había estado un fin de semana bebiendo whisky y mirando mujeres -"las más lindas del mundo"- ataviadas con lujosos trajes de lamé.

Unos minutos después la mujer regresó del baño. Era joven y gorda, llevaba puesto un vaquero desteñido y un buzo de lana y tenía las mejillas arrobadas y el pelo atado en un moño sobre la nuca. Se paró frente al esposo y al hijo y estiró una mano para agarrar la mochila de lona. El hombre y el niño se pusieron de pie y empezaron a caminar rumbo al portón. El hombre levantó la vista un instante, miró alrededor como si se fuera a encontrar con alguien a quien debería darle las gracias o pedirle disculpas y después agachó la cabeza.

-¿Qué mirás? -le preguntó Tapita en voz alta desde la mesa que ocupábamos-. A vos, sí, ¿qué mirás? -volvió a preguntarle con inexplicable enojo, con desprecio.

El hombre siguió caminando con la cabeza gacha. El único que miró hacia donde estábamos fue el niño: la mujer también había bajado los ojos y apuraba sus pasos.

-¿Qué mirás, estúpido? -le gritó Tapita y amagó a levantarse. Lo agarramos de un brazo sin entender qué había pasado, mientras él iba sonrojándose y aumentando sus gritos. Cuando ellos cruzaron el portón y se dirigieron hacia el pasillo central de la plaza, seguramente camino a la estación, Tapita volvió a sentarse. Bebió un largo trago de cerveza y reanudó su relato acerca de las noches porteñas.

Unos meses después de que Tapita había vuelto de Buenos Aires, Mima decidió marcharse con su hija. Una tía que vivía en Luján le ofreció su casa y le mandó a decir que podía conseguirle trabajo, que era absurdo estar casada con un hombre que le pegaba casi todas las noches y que no tenía sentido, siendo una mujer tan joven, condenarse a soportar una vida en la que no se vislumbraba ninguna forma de futuro. Con el paso de los años Luis Alberto intentó infinidad de veces que Mima volviera a su casa y viajó a buscarla y le escribió y le envió dinero y regalos para ella y para Albita, pero ninguna de las dos regresó. Las tardes de Tapita se hicieron interminables. Deambulaba frente a la casa vacía desde el mediodía hasta el atardecer, presa de la mayor soledad, de la mayor decepción, de la mayor tristeza, con una sola cosa en su mente.

No recuerdo si el 20 de mayo de 1976 fue domingo ni tengo intenciones de corroborarlo, pero a media mañana llegó al pueblo la noticia de que en Buenos Aires habían aparecido los cadáveres acribillados de Zelmar Michelini y de Héctor Gutiérrez Ruiz. Había sol y luz como casi todos los domingos, y hubo fútbol en las canchas y el Libertad le ganó al Barcelona en la cancha de la Escuela Militar y antes del anochecer estábamos en la cantina del club. Roque había decidido sentarse en medio de la plaza, a un costado del busto de Artigas, a modo de protesta. Cuando lo fuimos a ver estaba quieto como el busto, las piernas entrecruzadas, los brazos cayendo a los costados del cuerpo, la cabeza mirando hacia el frente, los ojos entornados. Seguramente supuso que la Policía o los soldados del Batallón de Paracaidistas lo vendrían a sacar, pero nadie le prestaba la menor atención, ni siquiera algunos vecinos que pasaban casualmente.

-No vas a lograr nada -le dijo Juan Carlos-. Los mataron. Ya están muertos.

Roque había perfeccionado de tal modo su conducta que cuando le hablábamos no nos decía una sola palabra y ni siquiera movía los ojos en señal de entendimiento.

-Te van a meter preso -le dijimos tratando de disuadirlo.

Enrique comentó que unas horas antes Wilson Ferreira Aldunate se había enterado de que pensaban matarlo también a él y que se había refugiado en la embajada del Reino Unido, afirmando que todo aquello era un signo de la debilidad de la dictadura uruguaya y prometiendo a los dos o tres amigos que lo habían acompañado que en cuestión de cuatro o cinco meses Bordaberry caería y habría elecciones libres.

Tapita quiso acercarse a Roque, tocarlo, moverlo, pero no se lo permitimos.

-Te vas a morir de frío -le dijo acuclillándose junto a él, mirándolo a los ojos. Encendió un cigarrillo y acercó otro a los labios de Roque, pero no obtuvo la menor respuesta.

Roque pasó toda la noche y buena parte del día siguiente en la misma posición, y poco antes del atardecer del lunes desapareció de la plaza. Habíamos estado al mediodía otra vez con él, pero todos nuestros esfuerzos habían sido inútiles.

Esa tarde, cuando Tapita volvió a su casa después de intentar infructuosamente disuadir a Roque, encontró el portón de entrada trancado, las celosías cerradas y en el marco de material de la ventana vio una maceta yerma, de bordes descascarados y desvaído color terracota.

VENENO | Hugo Fontana

6

-Yo nunca me casé. Nunca -dice el viejo Carabajal.
Viene de la cantina hacia una de las mesas sosteniendo un
vaso de whisky en su mano derecha.

Se muestra entusiasmado porque sabe que va a ser
oído por nosotros, y antes de sentarse repite su categórica
información y deja escapar una carcajada que cierra con un
ligero y disneico suspiro.

-Yo entré al ejército, a la cuarta región de Minas, en
1944, cuando cumplí dieciocho años, aunque desde antes ya
le hacía mandados a los milicos. Nosotros éramos ocho, mis
padres y seis hermanos; nunca había plata en mi casa. Dos
o tres años viví de las propinas que me daban: les compraba
tabaco, les llevaba jugadas de quiniela, a los que eran casados
iba a buscarles los hijos a la escuela. Después me dejaron
entrar, me dieron un uniforme, me raparon la cabeza y seguí
haciendo lo mismo, pero con un sueldo. En aquellos años
los sueldos no eran como ahora, porque además le habíamos
declarado la guerra a Alemania y a Japón y nos pagaban el
doble. Estuvimos así hasta 1955; se ve que nadie se había
enterado de que la guerra había terminado como diez años
antes -ríe con risa carrasposa, empina el vaso, paladea-. Hoy
empecé tomando whisky, pero me hubiera gustado tomar
una cervecita. No cambio nunca de bebida porque me
emborracho enseguida.

Hace un calor infernal.

Las noticias desde Estados Unidos fueron llegando

espaciadas, confusas. Los primeros cables decían que Jorge Eduardo González Broemberg, capturado en College Station, una pequeña localidad universitaria del centro de Texas, y trasladado a una prisión de máxima seguridad en Huntsville, era de origen dominicano, luego hondureño, después paraguayo, pero en el pueblo todos supimos de inmediato que se trataba de Tapita aunque no podíamos creer el tamaño de los incidentes de los que era acusado. Con el paso de las semanas fuimos siguiendo los pormenores del juicio, aunque también todos nos convencimos desde un principio de que no se podía esperar nada bueno de un tribunal formado exclusivamente por anglosajones y mucho menos de un juez que en los últimos dos años tenía en su haber más de veinte condenas a muerte por inyección letal, en su mayoría a mexicanos y otros inmigrantes hispanos.

Una brisa menor sacude las ramas de uno de los dos fresnos que crecen en mitad del patio del club. Carabajal resopla.

-En 1946 fueron mis primeras elecciones. Voté a Tomás Berreta, que se murió al poco tiempo de ser presidente, pobre hombre. Desde entonces voto a los colorados. Mi padre era colorado. Mi madre no; mi madre era blanca, de Herrera -hace un gesto con las manos indicando que no le interesa ninguna otra opción política y echa el cuerpo para atrás, recostándose en el respaldo de la silla. Se siente tan orgulloso de haber apoyado siempre al Partido Colorado como de no haberse casado nunca-. Después voté a Luisito Batlle y después a Jorge. Desde 1966 vengo votando a Jorge Batlle. La 15. Siempre la 15.

En una mesa algo apartada un grupo de jóvenes fuma marihuana y bebe cerveza. Hay una muchacha de pelo engreñado y enterito de jean que levanta una jarra y lanza una exclamación. Tiene ojeras y una expresión vaga en el rostro. El viejo gira rápidamente la cabeza e investiga juntando los párpados.

-¡Eh, cocodrilos! -les grita mostrándoles el vaso de whisky. Un muchacho con una remera del Ché Guevara y la cabeza rapada le responde. "¡Viejo!", dice en voz alta desde la mesa, y de inmediato vuelve su atención al grupo.

Una ambulancia rodea la plaza con unas intermitentes luces azules encendidas en el techo. Va dejando a su paso una sensación irreal, imágenes que aparecen y desaparecen teñidas de un aura extraña. El calor sube.

-Pasé quince años en los cuarteles, meta fajina y pata. Yo de chico era insoportable, pero tarde o temprano todo clavo que sobresale se aplasta de un martillazo. Conocí al general Oscar Gestido antes de que fuera presidente y al general Francese antes de que fuera ministro de Bordaberry. Conocí al general Aguerrondo mucho antes de que fuera candidato del Partido Nacional. Y a Seregni cuando era capitán y después cuando se hizo cargo de los operativos de ayuda en las inundaciones de 1959. Ahí yo ya estaba por jubilarme pero igual me mandaron a Paysandú y a Salto. Íbamos en camiones y en lanchas, ayudábamos a la gente a sacar las cosas de las casas, los gurises, los perros, las cobijas, y después los amontonábamos en vagones del ferrocarril. Nunca vi tanta agua junta ni tanta gente mojada. Parecía mentira que abajo de aquellas corrientes por donde flotaban decenas de gallinas ahogadas, hubiera un pueblo entero, casas, calles, árboles, una plaza -sonríe con tristeza, mueve la cabeza como si casi cuarenta años después no se hubiera terminado de convencer, hace un gesto rápido con los hombros, levanta la vista, bebe, investiga a trasluz el contenido del vaso.

El cantinero se asoma a la puerta. Fuma, mira con desinterés hacia la mesa, observa luego los canteros de la plaza, los bancos ocupados por algunos vecinos que llegaron en procura del fresco. Es un hombre alto y joven, con el mentón agujereado como Cary Grant, que parece siempre ensimismado o triste. Sobre él, alrededor de una potente lámpara de mercurio ubicada a un costado del escudo verdirrojo del club, se arremolinan insectos buscando la luz o el calor, golpeando contra el cristal cegador, cayendo o quedando detenidos una fracción en la pared revocada para luego recomenzar sus desenfrenados giros. La luz parece alterar el breve ciclo programado, una contrariedad mayúscula para sus instintos.

-En Minas me quedó esperando una mujer -dice Carabajal y otra vez ríe entre toses, un carraspeo que arrastra desde los bronquios y ahoga su voz por un instante-. Era linda. Iba a la casa. Yo iba a la casa -repite como si no le pudiéramos creer o como si él mismo desconfiara de su memoria o de aquella antigua conducta-. Los padres me habían invitado varias veces, incluso pasé un fin de año con ellos. Nunca le toqué un pelo -hace un gesto categórico con brazo y mano que desliza bruscamente sobre la superficie de la mesa-. Nunca le toqué un pelo. Yo siempre respeté a las mujeres.

Después hubo unos meses en que las noticias de Tapita parecieron ser lo más importante del mundo, como si no estuviera pasando otra cosa que pudiera llamar la atención de la gente del pueblo y del resto del país. Dos, tres meses, cuando el juicio se estaba llevando a cabo y como si se tratara de una película de suspenso -Jodie Foster, Richard Crenna, Harrison Ford-, de la que, paradójicamente o casi sin querer, todos conocíamos el final. Pudimos ver en la televisión y en los diarios unos dibujos que representaban la sala donde ocurrían los debates, dibujos de gruesos y apurados trazos coloreados a la acuarela, en los que aparecían alternativamente el abogado y el fiscal haciendo sus alegatos frente a un severo jurado y, siempre, a un extremo de ellos y custodiado por dos policías, un hombre taciturno, de traje y corbata marrón, con las manos esposadas, los hombros caídos y la cabeza gacha que nosotros debíamos creer que era el Tapita.

Una ruidosa motocicleta cruza los portones del club y se detiene tras el estruendo a un costado de la mesa de los jóvenes. Saludan al recién llegado con las manos en alto y un choque de palmas. Lo invitan con una jarra.

-Me gustaba. Aquella muchacha me gustaba. Pero yo era muy degenerado -lanza otra carcajada y vuelve a mirar el vaso a trasluz. Un resto de agua, una piedrita de hielo-. Los padres me invitaban a la casa; pasé un fin de año con ellos. El padre era capataz de la Salus y la madre había sido maestra rural, y ella también estaba estudiando para maestra. Entonces Uruguay salió campeón del mundo. La última vez. Maracaná. Obdulio Varela. Nunca más vamos a ser campeones de nada. Una vez inventamos la vuelta olímpica y el gol olímpico, pero eso fue en 1928; después no inventamos más nada. Y en vez de ir a visitarla a ella, nos fuimos a festejar al centro con otros milicos. Y después, medio batallón a los quilombos de Minas chupando cerveza y vino hasta que amaneció -lanza una exclamación mitad tos, mitad risotada-. Entonces me di cuenta de que yo no estaba hecho para casarme. Siempre me gustó la noche.

Se levanta de golpe, gira a espaldas de la silla, vuelve a mirar el vaso definitivamente vacío y se encamina hacia la cantina. Al llegar a la puerta da vuelta la cabeza y observa alrededor: nosotros, los muchachos, los ocupantes de otra mesa debajo de un inmenso ibirapitá que ha estallado en racimos de flores amarillas, otra motocicleta que llega levantando grava y polvo. Entra con el brazo extendido, como el niño que se acerca al mostrador con una moneda en la mano a pedir una golosina, y vigila cómo el cantinero mide el whisky y después lo deja caer en el vaso. Se asoma nuevamente a la puerta con un repentino gesto de pesadumbre, como si fuera un hombre que en unos minutos ha contado la mitad de su vida y como si estuviera condenado a relatar el resto sin otro remedio que la nostalgia. Vuelve a sentarse.

-Ella era muy buena y muy linda -dice resoplando y repite el enérgico movimiento de su brazo sobre los azulejos de la mesa-. Yo no era un buen partido para una mujer tan buena; tarde o temprano la hubiera dejado sola para irme de farra con mis amigos y ella no se merecía eso. Además: ¿atarme a una casa, tener hijos, volver siempre a la misma hora? -agacha la cabeza y la balancea negativamente.

El abogado de Tapita elaboró varias estrategias, y con todas ellas falló. Primero quiso convencer a la policía y al jurado de que su cliente nunca había estado en San Antonio, pero los investigadores echaron rápidamente por tierra esa hipótesis presentando los recibos de alquiler de la camioneta Chevrolet y la fotografía del viaje por el canal del River Walk que él se había negado a comprar, y unos días más tarde cuando, tras una nueva búsqueda, encontraron entre los escombros del Hotel Navarro los restos de un llavero de metal en el que todavía se podían leer algunas letras de su nombre.

Después quiso alegar que Tapita era un hombre con las facultades mentales alteradas, pero, además de que las pericias psiquiátricas lo desmintieron categóricamente, ni siquiera tuvo elementos para corroborar que el hombre que defendía había tenido una infancia desdichada, padres que lo golpearan o abusaran de él u otras experiencias igualmente trágicas. Por último quiso demostrar ante el tribunal que todo lo que había ocurrido -el terrible incendio, las veinte personas abrazadas por las llamas, el edificio completamente destruido- no había sido fruto más que de un desgraciado accidente, pero para ese entonces Tapita ya venía dando muestras de un inconmensurable fastidio y los integrantes del jurado ya estaban demasiado cansados de sus mentiras y de sus pobres artilugios y se negaron a escucharle una sola palabra más. De allí en adelante, y casi a espaldas de su defendido, trató de reflotar un trato que le había propuesto el fiscal pero tampoco obtuvo el menor resultado.

Un ómnibus se detiene en la esquina de la plaza para que un solitario pasajero descienda; el coche reanuda su marcha de inmediato, dobla lentamente, sus faros iluminan las ramas más bajas del ciprés que crece a un costado del portón principal, una mesa vacía, el cerco de alambres verdes y rojos.

-Mi hermano mayor también fue milico, milico de la policía, siempre, desde joven, y él se vino para Montevideo cuando ganaron los blancos, en 1958. El era amigo de

Chicotazo y consiguió un cargo en Jefatura. Con los años llegó a Inspector General. Después compró unos terrenos en el barrio Sicco. Primero levantó una casa para él y la mujer, pobrecita, que al poco tiempo se murió. Después se trajo a mi hermana menor y le hizo una pieza. Y después me vine yo. Me jubilé del ejército y él me hizo entrar a la policía, y... -entrecierra los ojos, exagera el debate con su memoria- en 1968 yo también empecé mi casa. Casi treinta años que me mudé para aquí.

Otra motocicleta; un nuevo estrépito.

-¡Qué ruidaje hacen esos cascarudos, loco! -exclama levantando la voz, señalando con dedos artríticos, bebiendo después un largo trago, chasqueando la lengua.

Da vuelta la cabeza como si les fuera a gritar algo a los muchachos, pero queda mirando, el cuello doblado, la mano con el vaso de whisky en suspenso a unos centímetros de la mesa.

El cantinero ha encendido la radio y por el parlante colocado en una de las ventanas se oye música de bailanta. "Vamos a bailar el baile del pimpollo. Vamos a bailar el baile del pimpollo." La admonición se repite una y otra vez. Desde adentro se escucha la caída de las bolas del pool antes de ser acomodadas sobre el paño. Un ligero remolino de viento alborota las hojas de los fresnos y arrastra sobre la grava un puñado de pétalos amarillos. Desde la avenida de la estación, detrás de la plaza, se vuelven a ver los destellos azules de la ambulancia que golpean por un segundo los esqueléticos brazos de las araucarias.

-Me mandaron al Hipódromo, a la 13, y allí estuve veinte años, diez meses y seis días, hasta que me jubilé otra vez. Era cuando había carreras dos o tres veces a la semana y en el barrio todo el mundo tenía trabajo. Ahora hay un cantegril lleno de malandros. Yo cubría casi siempre el turno de la noche, en la escuela Morquio. Llevaba la 38 de reglamento y una 22 en el bolsillo de la camisa. Madrugadas y madrugadas interminables, sin que pasara nada. Dicen que sólo el hombre que espera se puede cruzar con lo inesperado, pero a mí nunca me pasó nada. Me mandaban a cuidar los studs más importantes y había veces que ayudaba a los vareadores. A la medianoche siempre caía alguna mujer; yo tenía como quince novias -dice levantando las cejas con gesto procaz-. Si me hubiera casado no hubiera podido hacer nada -comenta con tono de obviedad.

Hubo momentos en que todos creímos que el proceso contra Tapita era una burda maniobra de la justicia yanqui contra uno más de los desdichados inmigrantes latinos, e incluso unos cuantos políticos locales desempolvaron algunos términos en cierto desuso como "imperialismo" y "Tío Sam" y rememoraron viejos sucesos como los de Angela Davis, los Rosenberg, Caryl Chessman y el novio de Joan Báez, como si Tapita se pudiera convertir de un día para otro en un peligroso ideólogo capaz de minar las bases del sistema institucional estadounidense. Pero lo único cierto era que, por una u otra oculta razón, Tapita había sido el hombre que había provocado el incendio del Hotel Navarro y la muerte de veinte homosexuales, y que no había estado en sus intenciones convertirse en el justiciero de Sodoma ni en ninguna otra clase de equívoco redentor. Sus opiniones políticas, que nosotros escuchábamos muy rara vez veinte años atrás, generalmente podían entenderse como sentencias erráticas, caprichosas, en alguna ocasión acertadas o, por sobre todo, de un tan radical pesimismo que se terminaban convirtiendo en certezas.

En noviembre de 1984 Tapita viajó desde Nueva York para las primeras elecciones después de la dictadura pero terminó votando a Dardo Ortiz. Tras conocer el resultado, se emborrachó en el club con una ferocidad que no le recordábamos y marchó rumbo a Bonanza, donde pagó un precio desmesurado por dormir toda la noche con una brasilera perfumada y escuálida que debió soportar su tristeza y su decepción.

-Este debe ser el único país del mundo donde un hipódromo da pérdidas y lo tienen que cerrar -comenta Carabajal-. Hasta que yo trabajé en la seccional, se movían fortunas todos los fines de semana. Teníamos que ir a custodiar a los pagadores que salían con las valijas llenas de plata de las apuestas. Allí conocí a la mitad de los políticos uruguayos, los Aguirre, los Ramírez, José Pedro Damiani, Jorge Batlle, Zelmar Michelini. Algunos tenían studs propios y pasaban más tiempo cuidando a los caballos que en el Palacio Legislativo. Burreros perdidos. Yo me hice amigo de muchos, muy simpáticos todos. En el tiempo de la dictadura, día por medio venía un capitán del ejército y nos hacía formar. "Hay que estar muy atentos: los tupamaros están preparando un comando para invadir Uruguay desde Argentina", nos decía caminando frente a nosotros. "Hay que tener mucho cuidado: Wilson Ferreira Aldunate está dispuesto a volver de Buenos Aires y quiere convocar a elecciones de inmediato", nos decía. "Deben estar alertas, la patria nos llama."

El cantinero arrastra una larga manguera desde el interior del club y arrima la punta hasta un par de canteros rectangulares con sedientas flores y tierra reseca. Un ibisco, dos jazmines, un brevísimo sendero multicolor con violetas, margaritas y marimonias.

-Ahora da lástima ver la pista llena de pasto y de matorrales, las gradas medio deshechas, los muros agujereados, los studs vacíos y el barrio convertido en una cueva de chorros. Cuando dejaba el servicio me iba a tomar una copa en el Bar Guerra; desayunaba todas las mañanas con amarga y me venía para mi casa. Hacían unas roscas con chicharrones riquísimas. Compraba una y la comíamos con mi hermana cuando yo llegaba. Después empecé a venir al pueblo más seguido: los domingos a ver al San Jorge o al Libertad, los fines de semana aquí o a lo de Saúl o a la cantina del Toledo. Me empezó a tirar el pueblo, al punto de que dos o tres años antes de jubilarme estuve por pedir traslado para esta comisaría. ¡Menos mal que no lo pedí! El comisario que había era una rata y al poco tiempo terminó preso por socio de unos matarifes que carneaban clandestino.

Vuelve a reír con fuerza y comienza a mirar nuevamente el contenido del vaso. Bebe el último sorbo de whisky y se deja abrazar por una inquietud evidente. Recoge y estira las piernas, extiende los brazos sobre la mesa, gira la cabeza, se echa hacia atrás en la silla y se pone de pie de un salto. Muestra el vaso vacío como si estuviera pidiendo disculpas por tener que levantarse y como si estuviera pidiendo que no nos vayamos, que aguardemos un minuto, que en seguida estará de vuelta, que todavía le quedan cosas por contar.

El lento paso del agua hace serpentear a la manguera

en el suelo. Un pequeño y borboteante chorro comienza a derramarse al costado de uno de los canteros y tras él llega el cantinero. Por encima del techo del club, sobre las chapas, destella un mudo relámpago y una ráfaga de viento asfixiante vuelve a conmover las copas de los árboles. El viejo demora en regresar, se asoma a la puerta y le grita al cantinero que tiene sed y pregunta si no hay nadie que atienda el mostrador. Por los parlantes se escucha otra vez el mismo tema: "Vamos a bailar el baile del pimpollo. Vamos a bailar el baile del pimpollo".

Con el paso del tiempo, las noticias sobre Tapita comenzaron a desvanecerse. De un día para otro pareció que ya a nadie le importara que uno de los vecinos nacido en el pueblo estuviera detenido en Estados Unidos a la espera de una condena a muerte, y por más que cada tanto el tema se reflotaba a la fuerza en la prensa de Montevideo, llegó un momento en que sólo la presencia de su madre en algún comercio o los primeros jueves de cada mes cuando cobraba su jubilación nos hacía recordar un caso que muy pocas personas habían llegado a comprender. Supimos que su abogado apeló una sola vez tras el fallo del jurado y tras la sentencia del juez, pero luego un cerrado silencio envolvió la historia hasta hacerla casi transparente, virtual.

Borbotea el agua. La manguera parece un animal convulso, agónico. Sigue llegando gente a la plaza y tras el techo de chapa del club continúan cruzando el cielo unos fogonazos de luz azulada, unos hilos finísimos. El viejo reaparece con una botella de cerveza y una jarra y las deja sobre la mesa.

-Les dije que no me gusta mezclar bebidas porque me emborracho en seguida -advierte otra vez y ríe bajando la cabeza como si no tuviera la menor alternativa. Tuerce el vaso y deja caer lentamente el chorro dorado para que no se forme espuma; después busca con la mirada al grupo de muchachos y cuando es correspondido levanta la jarra para brindar desde lejos.

Un auto dobla en la esquina de la plaza a toda velocidad, frena bruscamente frente a la panadería y después reanuda la marcha a paso de hombre.

-Después también se murió mi hermana. Empezó a quedarse quietita, a no salir de casa, a no hacer las cosas. Se sentaba de tardecita en una silla del comedor, frente a la ventana, y allí se quedaba hasta la madrugada, sin moverse, sin decir una palabra. Mi hermano le trajo un médico, pero el hombre dijo que no entendía y que no podía hacer nada. Después fue una vecina que curaba mal de ojo y culebrilla y empachos, la revisó de arriba a abajo, le hacía preguntas pero ella no le respondía nada. Quieta -dice extendiendo la mano sobre la mesa-. A los días la llevamos al Hospital Policial y no hubo un solo médico que pudiera dar con lo que tenía. La acostaron, le enchufaron el suero, le daban comida por las venas. A veces la íbamos a ver: al principio estaba con los ojos abiertos y parecía como si nos conociera. Pero después los cerró, estuvo unos días respirando despacito y se murió.

Baja la cabeza melancólico y queda unos segundos con los ojos fijos en el piso de grava, haciendo girar la jarra de cerveza.

-Pero nunca me casé -repite de pronto-. Me jubilé por segunda vez, me hice socio del club y del Toledo Juniors y ahora voy a Montevideo nada más que cuando tengo que cobrar. Dos veces por mes. Me pagan en dos cajas distintas.

Un día la jubilación de soldado y dos o tres días después la de policía. ¡Si habré tenido oportunidades de casarme! En el barrio no queda vieja que no haya prometido hacerme de comer o pasar una noche conmigo. Y no me vendría nada mal. Ahora, después que se murió mi hermana, pobrecita, quedamos mi hermano y yo solos y no nos vendría mal una viejita que nos cuidara. El otro día Carlitos -dice señalando al cantinero que continúa regando- me presentó a una tía y me dejó conversando con ella. Estuve como media hora hablando y después vino él y me dijo que la mujer era sorda -ríe estrepitosamente y bebe con desesperación.

-Es poco lo que ha cambiado el pueblo en estos años -dijo una vez Tapita en uno de sus tantos viajes, cuando ya no encontraba con quién hacer aquellas desenfrenadas incursiones por los cabarets de la plaza Independencia o con quién ir a los bailes-. O de pronto es que yo vengo muy seguido y no doy tiempo a que las cosas sean de otra manera.

-Ahora voy y vengo hasta dos veces por día. Me levanto, hago las veinte cuadras hasta aquí, limpio el patio de hojas y puchos y papeles, me pego un baño y me vuelvo a casa. Y de tarde lo mismo. Porque éste -señala otra vez al cantinero- no limpia nunca. Es el tipo más sucio que conozco. Se cree que regando un poco las plantas está todo hecho.

La ambulancia se detiene frente a la entrada principal del club y de ella baja un hombre vestido de blanco con una botella de cerveza vacía en la mano. Cruza el patio, amaga a saludar. El cantinero deja la manguera en el suelo y va hacia el mostrador. El hombre regresa con una botella llena, se sube al vehículo, enciende las intermitentes luces azules, hace sonar un par de veces la sirena -un sonido agudo,

tartamudeante- y arranca haciendo chirriar los neumáticos.
El destello se confunde entre los árboles de la plaza con la luz
de un relámpago que parece partir en dos el cielo encapotado.
El cantinero cambia de emisora y el parlante se llena de
estática. Luego se escucha el punteo agudo de una guitarra
eléctrica, después una voz aterciopelada que no alcanza a
cerrar su frase, por último el sonido de una trompeta y un
cantante que invita: "Vamos a bailar el baile del pimpollo.
Vamos a bailar el baile del pimpollo".
En seguida el trueno y el renovado viento. Siguen
cayendo las flores del ibirapitá. Los vecinos que ocupan los
bancos de la plaza comienzan a marcharse.

7

"Llegué a Venezuela una mañana de sol radiante. 'Buena señal', me dije. 'Buena señal.' Llevaba un par de direcciones que me habían pasado unos amigos, de uruguayos que estaban allá establecidos desde hacía algún tiempo y que me podrían dar una mano."

"Apenas llegué al aeropuerto en Maiquetía tomé el metro hasta el centro y después me subí a un taxi y le enseñé las direcciones al conductor. Dimos vueltas por toda Caracas, pero no las pudimos encontrar."

"El taxista se aburrió de andar de un lado para otro hasta que se debe haber conmovido de mi cara de desesperación y me aconsejó que no buscara más, me aseguró que Caracas era el lugar más indicado del mundo para que la gente estuviera sola y sin encontrar a nadie, y me dejó en un barrio arbolado y fresco frente a una pensión que se llamaba José Manuel Boves. 'Es un sitio barato y no le van a cobrar de más si se le antoja bañarse una vez al día', dijo. Esperó que bajara mi valija de cuero que había comprado en Buenos Aires, que la pusiera en la vereda, que le pagara, y se marchó haciendo tronar el motor."

"Venezuela era un país rico en aquel tiempo. Había plata para todo el mundo y el petróleo parecía salir de todos lados, de las canillas incluso, y la gente se veía feliz o serena o despreocupada y llegaban inmigrantes de todas partes del mundo que al poco tiempo podían comprarse un autito y vivir con cierta dignidad."

"Cuando entré al recibidor de la pensión me atendió una mujer que parecía tener entre cuarenta y cincuenta años, de ojos claros y pelo castaño recogido en un moño. Llevaba puesto un vestido escotado que dejaba ver unos pechos blancos, pecosos y redondos, pura carne. Cuando se puso de pie para recibir mis documentos, el resto del cuerpo se correspondió con precisión: era gruesa, fuerte, apetitosa."

"Le conté mi pequeña peripecia. 'Encontró un taxista bueno', comentó con voz apagada, sin levantar la vista. 'Podía haberlo dejado en cualquier sitio y sin embargo lo condujo hasta un lugar amable.'"

"Me pidió el número del pasaporte y anotó, acompañándose con un indescifrable murmullo, mi nombre completo en un cuaderno de tapas duras, lo dio vuelta como en las películas para que yo firmara y continuó con su perorata. 'Venezuela es un país donde todas las direcciones se pierden o se traspapelan; no me asombra que le hayan indicado calles que no existen o numeraciones imposibles de encontrar.' Entonces sonrió, segura, satisfecha, como si se estuviera reconociendo habitante de un lugar mágico o expuesto a cualquier tipo de casualidad."

"Creo que recién en ese momento me miró. Parecía inspeccionarme. Sopesó mi valija, mi traje gris, se demoró en mi entrepierna y después levantó los ojos con perpleja lentitud hasta detenerlos en mi cara. Sonrió inclinándose adrede para que yo pudiera ver dentro de su escote y me indicó el número de habitación. '¿Cuánto tiempo piensa quedarse?', preguntó a sabiendas de que no le podría contestar y me pidió una quincena por adelantado."

"La pieza era limpia y tenía una pequeña ventana con

celosías que daba a un pozo de aire desde el que se escuchaban todos los ruidos del mundo pero en tono de susurro, adormecedor. Había una cama de dos plazas con un colcha de dibujos familiares, un grave y antiguo ropero de cedro con espejos ovales en las tres puertas, una mesita de luz, un ventilador de techo que parecía un molino de Castilla."

"A la tarde salí a caminar por el barrio: había decidido dejar pasar dos o tres días antes de ponerme a buscar trabajo, pero a las pocas cuadras se desató una tormenta feroz que me obligó a regresar en seguida. Lo mismo me pasó a la mañana siguiente: truenos, viento, relámpagos que parecía que iban a hacer pedazos el cielo."

"Después le pregunté a la mujer y me indicó un ómnibus para llegar al centro. Montevideo al lado de Caracas era una aldea silenciosa y oscura: nunca había visto tantos autos y tanta gente caminando de un lado para otro, sin destino preciso. Edificios enormes, avenidas de diez carriles, comercios de toda clase, un frenesí sin control a veces iluminado por un sol radiante, a los veinte minutos ensombrecido por un mar de nubes turbio y amenazador."

"Creo que no hay sitio o cosa en Venezuela que no se llame Simón Bolívar: las calles, las plazas, la moneda, el aeropuerto, la universidad, el jardín botánico. Esa segunda tarde voy caminando por la Plaza Bolívar y escucho que alguien grita. '¡Tapita! ¡Tapita!' Nunca me había asustado tanto. 'Estoy completamente loco', pensé."

"Miré alrededor como un desesperado intentando encontrar al tipo que me estaba llamando, no por mi nombre sino por mi apodo, pero lo único que encontré fue a un montón de personas apuradas, con las caras serias y sin la menor intención de saludar a nadie, y en las avenidas circundantes automóviles y ómnibus a toda velocidad y en el medio de la plaza una estatua enorme de Bolívar montando un caballo gigante. Juro que miré la cabeza de bronce, por si me estaba haciendo una broma, y me fui en seguida para la pensión."

"Allí estaba la dueña, sentada detrás del mostrador, con un viejo ventilador de pie a medio metro, el rostro arrobado, un rocío de sudor en el cuello y en el escote y los ojos más claros que el primer día. 'Alguien me gritó Tapita en la Plaza Bolívar', le dije. '¿Por qué me pasan estas cosas?'"

"Ella sonrió, estiró una mano, me acarició una muñeca, se puso de pie, dijo que ya me había advertido que Venezuela era un país donde podía ocurrir cualquier cosa, buscó mi llave en el casillero y me pidió que la esperara. Cerró la puerta de entrada y me acompañó hasta la habitación. Estuvimos toda la tarde en la cama. Tenía pecas en el pecho pero también en la espalda y en las piernas, y traspiraba sin parar y tuve la sensación de que no había hecho el amor desde su más olvidada juventud. '¿Te lastimo?', me preguntó mientras cabalgaba a todo vapor. 'No. Me asustás', le contesté y estalló en una carcajada."

"Fueron tres meses sin parar, tres meses en los que casi no les escribí a mis padres ni a Silvia ni a ninguno de ustedes. La mujer tenía un nombre ridículo; se llamaba Antonieta. Me trataba como a un chico. Me llevó a conocer toda la ciudad, íbamos al hipódromo de la Rinconada, al Nuevo Circo a ver las corridas de toros, paseábamos por Los Paraísos, mirábamos partidos de béisbol, me prometió ir a pasar unos días a una de las islas del Caribe. Me dio de comer, me compró alguna ropa, tomábamos litros de cerveza encerrados en su cuarto hasta que el amanecer nos despegaba y ella se iba a atender la recepción y yo seguía durmiendo hasta el mediodía."

"Durante esos primeros meses yo fui feliz con ella. Era una mujer sin inhibiciones, como creo que lo son todas las mujeres caribeñas. La pasé tan bien que más de una vez me pregunté qué iba a hacer con Silvia y con mi casamiento, porque aquella relación podía haber durado diez años más."

"Un día encontré en la calle una gatita blanca y amarilla y la llevé para la pensión, le dije a Antonieta que se llamaría Misha y se la regalé. A los tres días la pisó un auto y ella estuvo sin hablarme por más de una semana."

"Después, otro día, otra vez voy caminando por la Plaza Bolívar y vuelvo a escuchar desde lejos, desde una de las avenidas: '¡Tapita! ¡Tapita!'. Miré en todas direcciones, pero nuevamente lo único que vi fueron automóviles y ómnibus que pasaban a toda marcha. 'Venezuela es un país excelente para que cualquiera pase por la vida sin dejar el menor rastro', me contestó ella con gesto adusto cuando le conté."

"Una tarde recibí carta de mis padres y de Silvia. Lo de siempre, lo que siempre se dice en esas primeras cartas bastante fáciles de escribir: que todo el mundo extraña, que todo el mundo me mandaba saludos y preguntaba cuándo iba a volver, noticias del fútbol y de los vecinos, que mi hermana estaba esperando su segundo hijo y una nota aparte de Silvia diciendo que me seguía queriendo y que estaba aguardando que yo la fuera a buscar para venirse conmigo. Antonieta me entregó el sobre cerrado sin decir una palabra, y así estuvo durante todo el día."

"En la madrugada me pareció sentir ruidos en el cuarto pero demoré en despertarme. Todo estaba en orden, ella dormía a mi lado, la habitación estaba a oscuras y sólo llegaba hasta la ventana un levísimo resplandor que se apagaba contra las cortinas. A la madrugada siguiente me pasó lo mismo. No eran sueños ni pesadillas, pero mi lentitud no me permitía percatarme de nada."

"A la tercera noche pude ver a Antonieta como una desarmada Jossie Bliss caminando alrededor de la cama, cuidando mi sueño. Entreabrí los ojos pero no quise hacerle saber que estaba despierto. Me quedé quieto como si fuera Roque, simulando dormir, mientras ella iba y venía restregándose las manos, vestida apenas con un deshabillé transparente que me dejaba entrever sus generosas formas, y parecía dispuesta a caminar así el resto de la noche, hasta que la fatiga o la decepción la devolvieron a la cama. Entonces supe que había llegado la hora de irme a cualquier otra parte."

"A los pocos días encontré trabajo de mozo en un restorán del centro. Mesonero, como le llaman allá. Un buen trabajo, buen sueldo, buenas propinas. Bastaba con ir bien arreglado, la ropa limpia, un moñito negro, gemelos en los puños. Por supuesto que Antonieta no estuvo de acuerdo y redobló sus guardias nocturnas y aumentó su mal humor. Una tarde antes de salir para el trabajo hice la valija y sin que se diera cuenta me fui de la pensión. Me quedé algunas noches durmiendo en la cocina del restorán hasta que encontré un hotel barato cerca de la Universidad Católica Andrés Bello, unos días antes de que Venezuela rompiera relaciones con Uruguay por el caso de la maestra Elena Quinteros."

"Fue un par de semanas muy confuso. Por un lado, yo tenía miedo de que Antonieta se apareciera en cualquier momento en el restorán o en el hotel y me hiciera un escándalo mayúsculo. Por otro, uno prendía la radio o miraba la televisión y a toda hora estaban pasando los detalles del secuestro de la mujer en el jardín de la embajada venezolana en Montevideo, y Carlos Andrés Pérez daba conferencias de prensa y entrevistas y firmaba decretos y comunicados. Nunca había escuchado hablar tanto de Uruguay como en esos días, ni en Uruguay mismo."

"Al mismo tiempo, un grupo de exiliados que se reunían en la Fundación Teresa Carreño y trabajaban en la Biblioteca Ayacucho, emitían una declaración cada dos días. Después llegó una carta desde Londres firmada por Wilson Ferreira Aldunate, felicitando a las autoridades del gobierno de Venezuela, agregando que el incidente de Elena Quinteros demostraba una vez más la debilidad de la dictadura uruguaya, y que todo ello era signo de que en pocos meses, quizá tres o cuatro, habría importantes novedades sobre la situación política del país y que todos los orientales debían aprontarse para decidir el futuro de la nación en elecciones libres. Incluso el hijo de Ferreira viajó en esos días a Caracas, se reunió con algunos uruguayos, expuso algunas directivas de su padre, planteó la necesidad de formar un grupo de convergencia y aprovechó para fotografiarse con todo el mundo."

"Entonces le mandé a decir a Silvia que nos anotara en el Registro Civil, que ella eligiera la fecha y se ocupara de todo, que cuando fuera el momento yo pedía unos días de licencia en el trabajo y viajaba para casarnos y nos íbamos para allá."

"Fue el primero de un millón de viajes que hice de regreso, y fue el más lindo de todos. Cuando todavía estábamos en vuelo y el avión había empezado a perder altura sobre Montevideo, un par de viejos que iban en la otra hilera de asientos empezaron a decir estupideces y a exclamar y se pararon y nos explicaron que acababan de ver desde la ventanilla la casa donde habían vivido hasta hacía algunos años, que habían visto la cuadra, la manzana, el jardín, los portones, el techo de tejas, las casas de los vecinos. Nadie les contestó nada, supongo que para no herir tanta credulidad."

"En el aeropuerto nos revisaron como si fuéramos guerrilleros que llegábamos al país dispuestos a comenzar la revolución. Era más peligroso en aquel tiempo llegar de Venezuela que de Moscú o de La Habana. Había destacamentos enteros inspeccionando, prenda por prenda, papel por papel, los documentos, las vacunas contra la fiebre amarilla y el cólera y el comunismo."

"Ustedes estuvieron en mi casamiento y se acordarán de los mismos detalles que a veces llegan a mi memoria. Con el tiempo esas ceremonias se van rodeando de cierta melancolía o sucede que comienzan a resaltar cosas circunstanciales que sin duda hubieran merecido el más rotundo olvido, como el calor, el frío, la lluvia, la copa que se rompió, el vaso de refresco volcado sobre el vestido de la novia."

"Al volver a Caracas, Silvia de inmediato consiguió trabajo en una tienda de ropa para hombres y al poco tiempo una clienta del restorán, una vieja de mucho dinero, me propuso ir a trabajar como mesonero al Club Alemán. Debería atender solamente los fines de semana y me pagarían el mismo sueldo que en el restorán. Cuando me presenté en el club no podía creer tanto lujo. Piscinas, canchas de tenis, el quinchado de las barbacoas más grande que la plaza de Toledo, una barra que medía más de diez metros, chefs europeos, una orquesta de mariachis que tocaba todas las noches. Y Tapita, de moñito con brillos y saco con solapas de satén."

"Sábados y domingos, a veces algún viernes. Y entre semana, a vender ropa que Silvia conseguía al por mayor en la tienda. Empecé a salir con mi vieja valija de cuero, casa por casa. Vendía todo lo que cargaba y había días en que tenía que volver a buscar más mercadería y salir otra vez. Buena plata. Doscientos dólares y las propinas por cada fin de semana, unos cuantos más en la venta, y lo que Silvia ganaba. Muy buena plata."

"Una noche una mujer me pidió de mala manera que le cambiara el plato porque estaba mellado en uno de los bordes. 'Inútil, observe en donde me sirvió', me dijo sin mirarme a la cara. 'Señora', le contesté, 'si trata así a su personal, no debe encontrar a nadie que trabaje para usted.' Menudo lío: era la mujer del embajador de Colombia, y en la misma mesa estaba la madre de Lussinchi. Amenacé con irme, pero todo lo que conseguí fue que la vieja que me había contratado me pidiera disculpas y me aumentara el sueldo."

"Venían y me pedían un palo. '¿Qué mierda es un palo?', iba yo y le preguntaba al encargado de la barra. 'Un whisky, animal', me contestaba. Al rato, otro alemán me pedía un pasapalo. Y allá yo: '¿qué mierda es un pasapalo?'. 'La picada para acompañar el whisky, animal.'"

"Una noche llegó el presidente de la Bayer, que además era el director honorario del Colegio Humboldt y el dueño del equipo de béisbol Los Cocodrilos. Uno de los tipos más ricos de Caracas, un alemán enorme, de cara rosada, cejas blancas y pelo teñido de un amarillo rabioso."

"Lo llevé hasta una de sus mesas preferidas con vista al jardín y a la piscina y me pidió una cerveza. Le destapé una botella de Pilsener, le serví el vaso hasta el borde. 'No, estúpido', me dijo casi a los gritos. Tenía la voz amanerada, tono de pito y una forma dudosa, casi femenina, de encolerizarse."

"'Una cerveza. Le pedí una cerveza. Una jarra. Cerveza de barril, estúpido', continuó vociferando. Me quedé quieto, parado, sin contestarle, esperando que se callara la boca. Me arrimé para retirar el vaso y la botella y el tipo siguió insultándome. 'Le dije una cerveza, idiota.' Hacía gestos con las manos para indicarme que había pedido una lisa y no una cerveza de botella y quiso ponerse de pie. Le puse las dos manos encima de los hombros y lo volví a sentar de un empujón. Recién entonces se quedó callado y me miró desde la silla. Agarré el vaso que le había servido y dejé caer el contenido, lentamente, sobre su cabeza teñida."

"¡Había que ver la cara del tipo! El escándalo duró más de media hora. El alemán se puso a llorar y vino el encargado del club a secarle el pelo y lo ayudaron a quitarse el saco y le pedían disculpas en dos o tres idiomas. Yo me cambié la ropa, entregué el uniforme y fui a cobrar la plata que me debían. No precisaron decirme 'está despedido' ni ninguna otra cosa por el estilo. Por suerte esa noche no estaba la vieja que me había llevado."

"Entonces se me prendió la lamparita. Desde que Silvia había llegado a Caracas vivíamos en el mismo hotel cerca de la universidad y el barrio estaba lleno de estudiantes que paraban en pensiones y en casas de familia. ¿Por qué no poner un lugar de hospedaje, ofrecer algo más a esos muchachos que venían de otros estados y hasta de Georgetown y de Cartagena, darles un servicio mejor y cobrarles por todo?"

"A la semana estaba alquilando un pent-house a tres cuadras de la Universidad Santa María. Contraté a un carpintero que agregó unas paredes de madera compensada, compré camas y armarios para cada una de las habitaciones y salí a repartir folletos a la salida de las clases. Sólo para mujeres. Silvia les haría de comer e incluso se encargaría de lavarles la ropa y de hacer otros mandados como llevarles las cartas al correo, pagarles cuentas o hacerles compras afuera. En menos de dos meses teníamos todas las habitaciones alquiladas y una renta que pasaba en mucho lo que habíamos pensado en un principio."

"Ella dejó la tienda y yo seguí vendiendo ropa casa por casa hasta que instalamos la segunda pensión en otro edificio cercano, esta vez sólo para muchachos. Al año y medio teníamos tanta plata en el banco que decidí comprar un camión de carga."

"Contraté un chofer y en el primer viaje, de Coro a Punto Fijo con la caja llena de pañales descartables, volcamos en una banquina de arena movediza frente a una refinería de petróleo. Ni el chofer ni yo nos hicimos nada, ni los daños del camión fueron demasiado grandes, pero afuera había como cien personas rodeándonos, aguardando que retiráramos la mercadería para robarnos. Estuvimos la noche entera de guardia, esperando que viniera un remolcador a dar vuelta el camión y a sacarnos de allí. Pura mala suerte y bastante miedo."

VENENO | Hugo Fontana

"Llegué a conocer media Venezuela. Rutas y rutas, pueblitos de lata y cartón en contrapartida de la riqueza que se veía en la capital, gurises descalzos, hombres haciéndose viejos sin poder colocar una sonrisa en sus caras."

"Yo creo que Venezuela se volvió pobre de un día para otro. Cuando quisimos acordar, ya hacía como seis o siete años que estábamos allá, y una mañana nos levantamos y nos dimos cuenta de que si no hacíamos algo rápido íbamos a perder toda la plata que teníamos ahorrada. Vendí el camión y el reparto y nos compramos una casa. Terminó un año escolar, los estudiantes se fueron para sus casas, y al semestre entrante no pudimos alquilar ni la mitad de las habitaciones."

"Una tarde, después de haber decidido pedir la visa para entrar a Estados Unidos, salí a caminar solo por el centro. Calculo que mi verdadera intención era empezar a despedirme de todos los lugares que había conocido desde mi llegada, incluso del barrio de Antonieta adonde nunca más había vuelto, suponiendo que ya no los volvería a ver en mi vida. Pasé frente al Palacio de Gobierno, caminé por la avenida Miraflores, me entretuve recordando los lugares cercanos al restorán donde había trabajado más de un año, y llegué otra vez a la Plaza Bolívar."

"Fue poner un pie en la vereda y escuchar aquellos gritos. '¡Tapita! ¡Tapita!' Me di vuelta todo lo rápido que pude. Desde la ventanilla de un ómnibus un hombre asomaba la cabeza y agitaba una mano. '¡Tapita! ¡Tapita!', gritaba. Nunca pude saber quién mierda era."

"Llegamos a Nueva York a mediados de setiembre de 1984, en pleno otoño, después de que unos amigos argentinos que habíamos conocido en uno de los tantos vuelos a Uruguay nos ofrecieran en alquiler un par de piezas en una casa de Elizabeth, en Nueva Jersey. Yo le había prometido a mi madre y a Miguel que iría a votar en las elecciones de noviembre, las primeras después de doce años de dictadura, pero finalmente desestimé la idea. No fue fácil establecernos, y tampoco mi voto hubiera cambiado demasiado los resultados."

"Tomamos una vieja limusina desde el aeropuerto Kennedy hasta Penn Station, le dimos el destino a un conductor de tez pálida y ojos transparentes que no hablaba una sola palabra en castellano y apenas unas diez o doce en inglés, nos fuimos acercando a los enormes edificios que parecían venirse encima de nosotros, bordeamos el amarillento e interminable Central Park, atravesamos las enormes avenidas atestadas de taxis, de ambulancias, de coches de la policía, de carros de bomberos haciendo sonar a todo volumen sus sirenas escandalosas. Era media tarde, las cinco en punto, y la gente salía de sus trabajos e inundaba las aceras."

"Juro que nunca vi tanta gente junta, y que no debe haberla en ninguna otra parte del mundo. Caracas, al lado de Nueva York, era una aldea silenciosa y oscura. Todos apurados, todos nerviosos, todos corriendo, pechándose, atropellándose, desesperados por volver a sus casas sin detenerse a mirar las marquesinas del Madison que anunciaban un partido de los Knicks, el lujo de las paredes de mármol, el tamaño de las arcadas que llevan a los andenes."

"Las mujeres pasaban al lado nuestro empujando cochecitos de bebé donde viajaban niños de cuatro, cinco o seis años, niños grandes atados a la estrechez de sus asientos, sin poderse mover, mirando desde allá abajo con expresión estúpida cómo todo fluía a su alrededor, aturdidos, presos, atrapados."

"El tren se encaminó por un oscuro túnel del que demoramos más de diez minutos en salir. Cuando la luz del sol dio nuevamente contra las ventanillas, nos percatamos con Silvia de que habíamos viajado debajo del río. Toneladas y toneladas de agua encima de nosotros, un río entero presionando sobre las oscuras paredes circulares, y ella y yo allí adentro, a toda velocidad, sin darnos cuenta, sin atrevernos a mirar las caras de los demás pasajeros, sin intuir en ellos el menor rastro de miedo."

"Estábamos llegando a un mundo en donde ya no podríamos volver la cabeza atrás, y en donde la memoria ya no tendría el menor sentido."

8

Entre 1924 y 1946 Johann Reichart, un verdugo alemán experto en el manejo de la guillotina, decapitó a más de tres mil hombres y mujeres. Claro: tuvo a su favor haber cumplido sus funciones durante la Segunda Guerra Mundial, lo que le debe haber provisto de clientes a granel. A fines de los años 60, aún vivo y dedicado a perfeccionar algunos de los mecanismos de la máquina, sostenía que si "algún día pudiera ser uno ejecutado", no le gustaría ser ahorcado. "Es preferible la guillotina", decía con un gesto de seguridad y de sabiduría.

Reichart fue uno de los últimos verdugos públicos de la historia, ya que los sistemas penales, si bien no se han comprometido con la abolición de la pena de muerte, se han esforzado para que el castigo tome formas que no permitan revelar la identidad de aquellos que lo ejecutan o al menos los hagan más anónimos o secretos.

La horca y las diferentes maneras de decapitar han sido los sistemas que más nombres han ofrecido a la historia de los verdugos. La familia Sanson se encargó de tal trabajo en Francia durante dos siglos, del XVII al XIX. Los Deibler también brindaron al balance algunas eminencias, como Joseph, quien se jubiló a fines del siglo XIX tras haber ejecutado a 492 reos, o Luis, quien apenas llegó a 392, o Anatole, quien llevaba 299 cuando fue asesinado en el metro de París en 1939. A este lo siguió monsieur Desfournoux, quien debió jubilarse el 1º de octubre de 1951 y quien seguramente, tras el acopio de franceses que a diario le entregaban los nazis durante la ocupación, debe haber sobrepasado largamente los récords de sus predecesores.

Fue en Toledo, no en este pueblo apacible y sin héroes hasta la ejecución de Tapita sino en la ciudad española conocida por sus espadas y blasones, donde en 1600 se inauguró el uso del garrote, una de las formas más truculentas de acabar con la vida de un condenado. Los verdugos españoles encargados de agarrotar, por lo pronto durante este siglo, no cosecharon ni bienestar ni fama y corrieron suertes bastante trágicas.

Rogelio Pérez Cicario, ex zapatero remendón y responsable de la ejecución de unos cuantos anarquistas, fue baleado el 28 de mayo de 1924 en una polvorienta callecita de Barcelona a pesar de estar custodiado por dos guardias que lo acompañaban a todas partes. Su sucesor, el también catalán Francisco Muñoz Contreras, quien laboró desde 1925 a 1935, fue condenado por la Federación Anarquista Internacional después de que ejecutara a Ángel Aranda el 22 de diciembre de 1935. "Buscadle y matadle", fue la consigna de los seguidores de Durruti. Lo buscaron, lo encontraron bebiendo una manzanilla en un bar fresco y penumbroso de San Andrés, en el número 3 de la calle Eduardo Tubao, y lo acribillaron a tiros.

Bartolomé Casanueva Ramírez, "Bartolo", tuvo su momento de fama en Sevilla, en la década del 40. Dicen quienes lo conocieron que era un hombrecito afable y simpático, de ojos celestes y boina calada hasta la mitad de la frente. Una noche lo encontraron a pocas cuadras de su casa cosido a navajas. Por su parte, el alguna vez labrador Florencio Fuentes Estébañez se retiró de su jurisdicción,

Madrid y Valladolid, a mediados de 1955. Para aquel entonces ya era un hombre viejo y cansado de escuchar el estallido de decenas de vértebras cervicales, pero fue recién en 1971 cuando, decrépito y abandonado por su familia, compró unos metros de soga en una barraca de barrio, caminó hasta el campo abierto y en mitad de la soledad y el silencio se colgó de una encina.

Los paramédicos de Hunstville no deben haber actuado a cara descubierta; al menos deben haberse defendido de la mirada de Tapita con un tapaboca, un gorro de enfermero, una prenda menor y ridícula que les haya ayudado a ocultar su identidad, aunque nada de eso podrá disminuir la responsabilidad de haber matado a un hombre atado de pies, manos y cuerpo a una camilla de metal con sábanas azules y gruesas correas de cuero.

Tapita expuso su media sonrisa, juntó las muñecas a la altura del vientre como si estuviera esposado e hizo un movimiento cómico con la cabeza. Esperó la risa de los presentes. "Todo bicho que camina va a parar al asador", comentó luego en voz alta provocando una nueva hilaridad. Después se puso de espaldas, se acercó a Silvia, le pasó una mano por la cintura y se dispuso a escuchar la letanía de la oficial de turno en el Registro Civil. La mujer, gorda, envejecida, mustia, repitió con voz monótona y con los ojos entornados las mismas frases que ya había pronunciado una docena de veces durante ese mismo día y un millón y medio durante toda su vida, oraciones destinadas al fortalecimiento de la pareja, a la responsabilidad de los cónyuges, a la exaltación de la fidelidad, al cuidado mutuo en la salud y en la enfermedad y a los deberes fundamentales para con los hijos cuando estos llegasen. Les preguntó a ambos si consentían en unirse en matrimonio, escuchó las respuestas sin levantar los ojos del piso, farfulló algo como que los novios podían besarse, le entregó la libreta a Tapita, se dio media vuelta y se marchó en el más absoluto silencio.

Silvia estaba bonita ese día, y ése debe haber sido el único día de su vida en que lo estuvo. Ella siempre había tenido una expresión anodina en el rostro y la mirada más neutra que he visto en una mujer, pero en la noche, durante la fiesta en el club, sus ojos parecieron chispear brevemente. No sé qué fantasías andaban por su cabeza, qué ilusiones de futuro, qué expectativas centradas en su unión y en su viaje a Venezuela, que cambiaron por unas horas su gestualidad gris y aburrida, su voz opaca, su escasa sensualidad. Toda mujer se merece, al menos una vez en la vida, una ocasión capaz de descubrir y mostrar los rastros de aquella que le hubiera gustado ser, de desnudar esa secreta suerte que debería constituir la esencia inexcusable de lo femenino.

Tapita había llegado tres días antes del casamiento. Fue su segundo viaje de regreso y todavía convocaba la adhesión de sus viejos amigos. "Lo primero que vamos a hacer es la despedida de soltero más sucia que podamos imaginar", me dijo al oído apenas pisó el hall del aeropuerto de Carrasco. Nos juntamos en la explanada exterior y nos sacamos una fotografía como si fuéramos un diezmado equipo de fútbol: Juan Carlos, Enrique, Miguel, Albertito, el Colorado, él y yo. Más atrás, en un segundo plano, esperaban sus padres y Silvia con su familia -los padres, un hermano que partiría para Suiza a principios de 1981, y dos primas que ya habían empezado a compartir con ella los nervios de la ceremonia nupcial-.

Tapita y Silvia se habían conocido en un baile de la Institución Atlética Sud América, una noche de calor bochornoso de noviembre del 76. Se cruzaron en las escaleras que llevaban de la pista de música tropical a la pista de música típica, casi al fin de la madrugada, cuando los bailarines habían empezado a ralear y sólo iban quedando los indecisos y los perdedores. Tapita subía convocado por un tango triste como su borrachera; Silvia bajaba esperando encontrarse con algún parroquiano que la invitara a una pieza de despedida. Cambiaron una mirada rápida, fugaz, pero siguieron sus caminos.

El se detuvo contra la barra del primer piso, pidió su enésima cerveza y observó la pista, las mesas casi vacías, las paredes tapizadas de oscura madera, las mujeres viejas, melancólicas y maquilladas hasta la perseverancia, enfundadas en negros trajes de terciopelo y lentejuelas que intentaban disimular sus gorduras, mirando desde una balaustrada a una única pareja de bailarines que entre cortes y quebradas trataba de adornar una ligerísima milonga. Miró hacia la orquesta de hombres vestidos con antiguos trajes a rayas y solapas enormes, un pianista ensimismado en sus golpes, un violinista adormecido y nostálgico, un contrabajista demasiado flaco para su instrumento, un bandoneonista gordo, canoso, de fatigada frente. Una de las mujeres se acercó al mostrador y se paró a su lado.

-Es la primera vez que te veo en este lugar -le dijo con voz ronca. Le pidió un cigarrillo, se arrimó aún más para que él se lo encendiera, tosió tras la primera pitada.

Tapita la miró con ojos de embriaguez y dio un paso atrás.

-¿No sabés bailar tango? -preguntó la mujer. Tenía los

dientes manchados de nicotina y los labios anegados de rouge, y colorete y brillantina en las mejillas, y Tapita retrocedió nuevamente apurando su botella de cerveza.

Después de bajar, Silvia se había parado cerca de la puerta de calle, a un costado del escenario donde una orquesta de principiantes repetía un viejo tema de El Cuarteto Imperial, y observó en la pista a una media docena de parejas apretadas y sudorosas bailando a todo vapor, como si la reunión recién comenzara. A su alrededor las mesas también empezaban a vaciarse y comenzaron a pasar a su lado algunos hombres solos que apenas la rozaban con la mirada, un muchacho que le murmuró una borracha obscenidad, una mujer joven con el rostro traspirado, el rimel corrido, una sonrisa de dientes incompletos, aferrando la mano de su novio, arrastrándolo hacia un hotel barato.

Cuando Tapita bajó, ella ya había decidido marcharse pero esperó a que él llegara hasta la puerta. La invitó con un cabeceo y se encontraron en el medio de la pista. Con tono nasal y monocorde el cantante recordaba una lunita blanca, una luna de plata, y el resto de los músicos desafinaba en concordancia. Antes de que terminara el tema, subió al escenario un hombre joven vestido de smoking y le quitó el micrófono al cantante. Dijo a viva voz, arrastrando las erres y las eses, que se sentía feliz por la multitudinaria concurrencia, que estaba seguro de que la gente se había divertido y que esperaba reencontrarse con todos el próximo sábado a la misma hora.

Tapita acompañó a Silvia hasta la avenida San Martín y esperó casi media hora que pasara el ómnibus que la llevaría a su casa. No fue mucho lo que hablaron, pero llegaron a intercambiar nombres y números de teléfono y quedaron de acuerdo en llamarse para salir. Después él encaminó sus pasos hacia el Palacio Legislativo y estuvo esperando otro tanto a que pasara el coche a Toledo. Ya estaba amaneciendo, y en los alrededores del Palacio pudo ver a los jeeps militares encargados de la custodia y en las altas y alambicadas torretas de mármol divisó a una media docena de guardias armados a guerra oteando hacia los cuatro puntos cardinales. Uno de ellos descubrió la solitaria figura de Tapita esperando el ómnibus, le hizo una seña a los demás y todos se pusieron a observarlo. Fue un breve diálogo de miradas a distancia, por encima de las florecidas copas de los jacarandás, que se interrumpió cuando el primero de los soldados apuntó desde lo alto con su fusil de repetición. Recién entonces Tapita bajó la cabeza y miró al suelo.

Fue común desde el día en que se pusieron en práctica los fusilamientos, que uno de los rifles del pelotón que se apostaba frente a los condenados a muerte estuviera cargado con balas de salva, para que cada uno de los verdugos pudiera marcharse a su casa con la esperanza de no haberse convertido en asesino. Lo mismo ocurrió en los primeros tiempos de la silla eléctrica: tres, cuatro palancas operadas por otras tantas personas, pero sólo una capaz de provocar una descarga de más de dos mil voltios sobre el condenado hasta freírlo como a un pollo.

Fue un tal William Kemmler, un hombre de cuarenta años acusado de matar a su esposa tras un ataque de celos, el primero en sentarse en una silla eléctrica el 6 de agosto de 1890, en la pequeña ciudad de Auburn, Buffalo, en el estado de Nueva York, y fue un tal Durston el primer verdugo en colocar un electrodo sobre la pierna de un condenado y en adherir un hilo eléctrico a lo largo de su columna vertebral. Lo hizo con tanto nerviosismo que el propio Kemmler debió tranquilizarlo. "Todo va bien", le dijo haciendo gala de una insólita flema, tratando de sentarse lo más cómodamente posible en el sillón de madera y metal, ofreciendo sus manos para que fueran atadas en el extremo de los posabrazos. "Estoy dispuesto", masculló después.

El sistema se fue perfeccionando con los años. Primero se le agregaron a la silla un par de recipientes con agua para que la víctima metiera sus manos y la corriente fluyera con mayor rapidez, método que terminó desestimándose y sustituyéndose por nuevos y más sofisticados accesorios, como el casco de cuero al que se ajusta el ánodo, que comenzó a utilizarse a principios del siglo XX, y las esponjas humedecidas en un ácido especial en las que se ubica el cátodo sobre la pantorrilla derecha del reo. Proceder a la colocación de estos adelantos no lleva más de un minuto; el verdugo de inmediato marcha hacia el cuarto de la palanca y la baja con un movimiento rápido y decidido. La primera descarga, de entre dos mil y dos mil doscientos voltios, hace hervir el cerebro del condenado; la corriente baja durante unos segundos a quinientos voltios, sube luego a mil, vuelve a bajar y asciende nuevamente a dos mil en un último choque de gracia. La pieza se inunda de un poderoso olor a carne quemada, el hombre se estremece una y otra vez, su piel cambia de color y al fin un leve hilo de humo gris se desprende de su cabeza.

Es difícil que en el pueblo en donde habiten los verdugos, sus vecinos puedan reconocerlos, a no ser que éstos se encarguen personalmente de propagandear sus secretas actividades, y de algún modo parece bastante probable que unos cuantos de ellos no reconozcan o terminen por negar el sinuoso camino que dista entre su mano operando el interruptor y la cabeza del hombre que recibirá la descarga. Algunos se hicieron famosos, como un tal Elliot, quien ejecutó a 387 personas en Estados Unidos y tras jubilarse publicó un libro, Agente de la muerte, que vendió miles y miles de ejemplares. "La silla eléctrica no es dolorosa. Es tan humana como es posible."

En la prisión de Huntsville, donde Tapita fue inyectado, se utilizó también, y hasta hace pocos años, la cámara de gas, método que comenzó a aplicarse en Estados Unidos en 1924 y que alcanzó exquisitez de procedimiento en San Quintín, California, a partir de 1938. La pieza debe ser totalmente hermética. Debajo de la silla donde se ata al condenado se coloca un recipiente de estaño con ácido sulfúrico, y sobre éste un dispositivo que se opera desde el exterior y que contiene algunas pastillas de cianuro potásico. La labor del verdugo es, si se quiere, sutil: apretar un pequeño botón, mover una frágil palanca, acto tras el que caerán las cápsulas en el ácido y se formará una blanquecina vaharada de gas cianhídrico. La celda se llena de un olor a almendras amargas y a flor de durazno. Nada hay en el mundo que evite al reo respirar de ese aire resuelto y voraz. Primero ataca los glóbulos rojos y unos segundos después provoca un infarto pulmonar masivo. El verdugo cobraba el día de la ejecución un premio por sobre su sueldo y los guardianes que lo acompañaban también recibían una recompensa especial.

A mediados de la década del 50 Leanderess Riley, condenado por la muerte de un hombre en una rapiña, fue conducido a la cámara de gas y atado a la silla. Riley era un hombrecito enclenque y débil, de brazos delgados y manos pequeñas, y acaso esas fueran sus mayores virtudes. Cuando los guardianes salieron y se colocaron tras el vidrio, un segundo antes de dar la orden al verdugo vieron como Riley se desprendía de sus ataduras, se liberaba de las correas que le sujetaban las piernas y comenzaba a correr aterrorizado y en círculos dentro de la pequeña pieza. Entraron y tras una breve disputa lo volvieron a atar. Un segundo antes de que las cápsulas de cianuro cayeran en el cuenco, volvió a liberar su mano derecha y se apuró a desabrochar la hebilla de la mano izquierda y la que le aprisionaba el pecho. Una nube blanca y espesa ascendió súbitamente, le envolvió el rostro, le alcanzó la involuntaria nariz. Se llevó las manos a la cara, crispó los dedos, estuvo así, desesperado, entre diez y quince segundos conteniendo la respiración. Cayeron al fin sus brazos, quedó al descubierto un rictus de perplejidad, un profundo surco de arrugas en su frente transpirada, un rigor en los labios a medio camino entre la risa y la consternación. Sus ojos continuaron abiertos hasta que apoyó definitivamente el mentón sobre el pecho.

Roque también fue con nosotros la noche en que despedimos la soltería de Tapita. Con el trascurso de los años, su figura se había ido convirtiendo en una suerte de emblema en el pueblo y no era raro encontrarlo en medio de la plaza, quieto y joven como un adolescente, o en los andenes de la estación o debajo de la palmera de la ruta, con la simple intención de ensayar sus ratos de inmovilidad o con el propósito de dejar sentadas sus opiniones ante algunos acontecimientos que no eran de su agrado. Así ocurrió cuando mataron a Zelmar y a Gutiérrez Ruiz, pero también cuando se casó Susana Inciarte, a quien él había cortejado durante sus años de liceal, o cuando se enteró de que cerrarían las oficinas del Juzgado y las trasladarían a Suárez, o cuando el Toledo Juniors perdió la oportunidad de clasificar a la Copa de Campeones de equipos del interior a consecuencia de uno de los peores arbitrajes de la historia del fútbol acaecido en el estadio municipal de Pando un domingo de fines de la primavera de 1979.

Fuimos, aquella diezmada formación y el agregado Roque, ocho personas amontonadas y bulliciosas, en la ya destartalada camioneta Indio del padre de Enrique. Era jueves a la noche y partimos rumbo a bulevar Artigas, donde Tapita y Alberto y el Colorado habían levantado putas durante años a cualquier hora del día y donde solían encontrar a un par de vecinas de Toledo que a cambio de silencio y alguna módica propina ofrecían sus deliciosos servicios, pero ahora las veredas estaban oscuras y desiertas y había soldados armados a guerra apostados cada dos o tres esquinas.

-Esto no es como antes -sentenció Tapita, incrédulo, mirando ventanillas afuera a la espera de encontrar a alguna vieja amiga escondida tras los arbustos, entre portones y muros, fumando, cuidándose de la policía, ofreciéndose a algún cliente.

Enrique recorrió el bulevar una y otra vez, desde Jacinto Vera hasta Tres Cruces. Decidimos al fin ir a comer algo al Centro, y paramos en un bar de la pasiva de la Plaza Independencia. Devoramos unas grasientas milanesas al pan.

-Una cerveza de barril -pidió Tapita, y a continuación se puso a contar con lujo de detalles un incidente que había protagonizado en el Club Alemán de Caracas, donde trabajaba de mozo desde hacía unos meses. Después habló de avenidas de diez carriles, de automóviles último modelo, de béisbol y corridas de toros, de la vida nocturna, y terminó proponiendo tomar unos tragos en algún cabaret de la zona.

Fuimos a Baires. Había una mujer pequeña, regordeta, bailando en combinación negra contra una columna de espejos, y otras más que se acercaron apenas entramos al local casi vacío. Los precios eran exorbitantes, pero él sacó un fajo de billetes y lo puso sobre la barra.

-Está todo pago -dijo en una suerte de trabalenguas que denotaba ya los primeros estragos del alcohol. Pidió whisky importado para todos y se sentó en una banqueta de cuero con una muchacha teñida de rojo, manos enormes e incontenible abdomen. A los diez minutos volvió con nosotros.

-Chico, tendríamos que haber ido a Pando. Con lo que ella me pide por pasar la noche podíamos haber cogido todos.

Pagó otra vuelta, se arrellanó en la barra y pareció disponerse a mirar a una pareja de bailarines que corría de un lado a otro del escenario.

Volvimos a 18, rumbo a la camioneta estacionada. Cuando estábamos por subir, decidió cruzar a la plaza. Todos lo seguimos. No sabíamos con exactitud cuánto había bebido, pero su desgarbada figura parecía zigzaguear debajo de los altos focos, entre las sombras de las palmeras, al resplandor que llegaba de las luces que iluminaban el Palacio Estévez, en donde a diario Aparicio Méndez, el viejo e inútil secretario personal de Wilson Ferreira Aldunate, ahora dictador del Uruguay, acomodaba su estúpido culo en un curul de terciopelo púrpura. Bordeó la inmensa estatua mirando el rostro manchado de Artigas, los inmensos cascos de su cabalgadura, la indiferencia del bronce, y se dirigió hacia la entrada del mausoleo. Miró hacia abajo, hacia los oscuros peldaños de mármol negro, impedido su paso por unas cadenas que cerraban la entrada.

-¡Artigas! -gritó inclinando su cuerpo hacia la escalera en sombras, esperando quizá que la urna que contenía las cenizas del protector pudiera responderle.

-¡Artigas! -le repitió un difuso eco.

-¿Cómo estás? -preguntó a continuación.

-¿Cómo estás?

-¿Cómo estás?

-¿Cómo estás?

-¿Cómo estás?

-¿Cómo estás?

-¿Cómo estás?

-¿Cómo estás?

-¿Cómo estás?

-¿Cómo estás?

-¿Cómo estás?

Tapita y Silvia habían decidido no casarse por la iglesia, pero de todos modos ella apareció en la fiesta del Club Juventud Unida vestida con un trajecito de seda blanca y un brevísimo arreglo de azahares en el pelo. La reunión tuvo lugar en la cancha donde entre semana se jugaba al básquetbol, al voley y al fútbol de salón, y si bien no fue multitudinaria estuvieron todos aquellos que de alguna u otra manera se habían cruzado alguna vez en la vida de los novios, incluso Cristina, su marido y sus dos hijos.

Tapita no parecía el hombre de la noche anterior y se preocupó de que todos estuviéramos servidos y de que su padre, ya amarillento y exhausto, y una vez envuelto en una fulminante borrachera, llegara sano y salvo a su casa acompañándolo personalmente.

Ese, como ya dije, fue quizás el único momento en la vida de Silvia en que ella se pareció a una mujer hermosa, y desplegó esa arrogancia y su encarnado y falso pudor bailando el interminable vals, recibiendo a los invitados, visitando cada una de las mesas e incluso conminando a Roque a ponerse de pie y a ofrecerle un beso en la mejilla.

Cuando Wilson Ferreira Aldunate decidió por fin volver a Uruguay en julio de 1984 y fue inmediatamente detenido por los militares en el puerto de Montevideo y conducido luego sin mayor resistencia a un pequeño cuartel de Florida, tirando por tierra su desmadrada esperanza de provocar una insurrección popular, pocos meses antes de que Tapita y su mujer partieran desde la súbitamente empobrecida Venezuela con destino a Nueva York, Roque se instaló en la plaza, a un costado del busto, con el objetivo de expresar sus protestas. Alertado por algún vecino, a los quince minutos se le apersonó el comisario, lo agarró de un hombro, lo obligó a pararse, le dio una patada en las canillas y le dijo a voz en cuello que se marchara para su casa, que de idiotas estaba el país lleno, que no era hora de esperar milagros y que el Uruguay necesitaba otras ofrendas diferentes a la de quedarse quieto durante semanas enteras a la sabia sombra de un prócer menor.

9

"Llegamos al atardecer a Elizabeth, Nueva Jersey", continuaba Tapita en la carta que fue haciéndonos llegar periódicamente desde su celda en Huntsville, sin un punto o una coma o una sola palabra diferentes, "nos instalamos en las piezas que nos habían ofrecido unos amigos, y nos reunimos con algunos argentinos y uruguayos que habíamos conocido en Caracas."

"A los dos o tres días comimos una parrillada en la casa de un tipo que había llegado a Estados Unidos unos cinco años antes, un tipo curioso al que llamaban Héctor y que decía que había nacido en Fray Bentos y que había estado en Venezuela, en México y en España pero que no podía mencionar el menor detalle de sus viajes ni de su ciudad natal."

"Chinchulines, chotos, tripa gorda, mollejas, matambre, asado, como si estuviéramos en Uruguay. Mate, vino, cigarrillos Nevada. De postre, Chajá con dulce de leche. Hasta Massini había. De lo único que se hablaba era de las elecciones de noviembre, de que Ferreira Aldunate iba a ser liberado antes de las elecciones, de que de todas maneras era seguro un triunfo de los blancos o del Frente Amplio. En la cocina había ejemplares de El País, de La Democracia y de Jaque."

"A la semana Silvia ya había conseguido trabajo en una zapatería de la calle 34 entre la Quinta y Broadway, en pleno corazón de Manhattan, justo en la acera de enfrente del Empire State. Yo me puse a pensar qué iba a hacer con mi vida y me subí a un ómnibus que me paseó por toda

Broadway. Me bajé en la 180 y caminé más de sesenta cuadras esquivando los puestos de los vendedores callejeros, casi hasta el Central Park. Llegué a Harlem cuando estaba oscureciendo y regresé de apuro al midtown. Aquellos negros y aquella pobreza metían miedo de verdad."

"Cerca de Times Square, en plena calle, un mexicano me confundió con alguien que decía conocer de toda la vida. Cruzó la avenida a grito pelado, con una sonrisa enorme debajo de los bigotes llovidos y con las manos extendidas como si fuera a saludar al padre o al hermano que no veía desde la niñez. '¡Cuate! ¡Compadre!', gritaba abrazándome y dándome palmadas en la espalda mientras la gente nos esquivaba sin mirarnos."

"Me llevó unos quince minutos hacerle entender que yo no era mexicano y que jamás podría parecerme a uno de ellos, que no me había cruzado con él en la puta vida, que seguramente las luces de todos colores lo habían llevado a confundirme, que hacía menos de una semana que estaba en Nueva York y que realmente ya me estaba fastidiando con su simpatía, sus abrazos y sus invitaciones para ir a tomar un trago."

"Entonces empezó a pedirme disculpas, se avergonzó, agachó la cabeza e hizo un gesto con las manos como si estuviera sacándose un sombrero que no llevaba y que después apretujaba contra el pecho. Pero insistió con la idea de pagarme una copa."

"Tomamos, por supuesto, cerveza mexicana, varias botellas mientras me contaba la historia de su vida. Trabajaba de mecánico cerca del barrio italiano, un puesto que apenas le daba para vivir porque en Nueva York nadie manda a arreglar sus carros: cuando andan mal los dejan en la calle y se compran otro. Hablaba de maravillas y de tristezas, tan rápido que apenas le podía entender."

"Me dijo que vivía cerca del zoológico del Bronx. 'Si quieres hacer plata fácil ponte un taxi trucho en el Alto. Allá a los amarillos no los dejan entrar. Yo soy un buen chofer', me confesó, 'yo te lo podría conducir con todo gusto'. Me dio su dirección y un número de teléfono, y antes de despedirnos volvió a pedirme disculpas repitiendo el extraño gesto con las manos y con el sombrero que no tenía."

"Con la plata ahorrada en Venezuela compré un Oldsmobile del 84, cero kilómetro, y empecé a hacer viajes. ¿Se dan cuenta, Tapita, chofer de taxi en una ciudad en la que no conocía una sola calle ni una sola esquina? La gente subía, me decía la dirección y yo les pedía que me indicaran cómo llegar."

"De noche guardaba el carro en un garaje de la 41, cercano a los muelles, me iba caminando a tomar el tren para Harrison y de allí para mi casa. A la mañana el trayecto de regreso, y a la noche otra vez. Salíamos con Silvia a las siete de la mañana, llegábamos a Penn Station, ella para la zapatería y yo a buscar el carro."

"Realmente era mucho trabajo acostumbrarnos a esa locura de gente, idiomas, horarios, viajes, trenes, automóviles, sirenas, edificios, avenidas, dinero, comidas a todo vapor. Llegó un momento en que a mí me hubiera gustado sentarme con mi mujer y plantearle un paquete de cosas y hacerle algunas preguntas, pero creo que tampoco hubiéramos tenido tiempo para eso o simplemente ella no se hubiera mostrado interesada en contestármelas. Silvia hablaba a toda hora de su trabajo y a los cinco o seis meses le dieron el primer aumento de sueldo, y entonces parecía feliz."

"Una tarde dejé el taxi temprano y fui a esperarla a la salida del trabajo. La invité a subir al Empire. Cruzamos frente al McAlpin House y atravesamos la vereda esquivando a los retratistas filipinos. Cuando llegamos al observador del piso 86 ya estaba oscureciendo y comenzaban a encenderse las luces de la ciudad. Juro que fue el espectáculo más grandioso que he visto en mi vida, y desde entonces me he negado a subir otra vez por temor a decepcionarme."

"Desde allá arriba se veía todo el mundo, y cuando digo todo el mundo no estoy mintiendo porque yo vi las Torres Gemelas y el edificio de la Chrysler y los puentes de Brooklyn y el río Hudson y las orillas iluminadas de Nueva Jersey, pero también vi los focos de la cancha del Libertad y las luces prendidas en la cancha del club, y vi al Nelo y a Cachito Pérez y a Pepe jugando al básquetbol, y vi a Albertito y al Bebe prendiendo el horno de pizza en el Acuario, y vi a Julito Lara atizando el fuego del parrillero de su negocio frente a la plaza mientras Hugo Fontana y el Quico Toscani le acercaban desde una camioneta roja dos ganchos de chorizos Cattivelli, y vi la lamparita del fondo de mi casa y vi a mi padre tomándose un vinito en la mesa de la cocina y a mi madre lavando un vaso o un plato detrás de la ventana de cortinas de nylon."

"Quise señalarle algunas de esas cosas a mi mujer, pero ella estaba muerta de frío y después de dar unos pasos cerca de la baranda y de mirar con algún asombro lo cerca que parecían estar todos los edificios, se había arrellanado contra los ventanales de la cúpula y me esperaba con los brazos cruzados y una profunda expresión de aburrimiento en la cara. Tenía vértigo y la asustaban los ascensores, me dijo, y yo quise hacerle una broma pero no me atreví."

"En el viaje de regreso me contó que en la tarde había ido una pareja de uruguayos a la zapatería, que la mujer había demorado unos cincuenta minutos en comprarse un par de sandalias en oferta mientras el marido entraba y salía del local, se paraba en la acera a fumar y cada tanto volvía para darse cuenta de que su esposa seguía probándose zapatos con desesperación. Silvia no quiso decirles que ella también era uruguaya y les habló en inglés todo el tiempo, balbuceando alguna palabra en español sólo cuando la encargada del negocio andaba cerca."

"De a poco, con el paso de los meses, fui conociendo las calles y los lugares donde trabajaba y me fui atreviendo a extender mis recorridos hasta el Bronx e incluso hasta pleno Manhattan, siempre y cuando el cliente me pareciera de confianza y no uno de esos inspectores encubiertos que dos por tres mandaba la Cab o las compañías de remises. Se hacía buena plata y en menos de un año desquité el valor de la compra."

"Bastante después, una tarde me llamaron de un edificio para ir a buscar a una viejita que era cliente mía. Debía subir hasta el sexto piso y ayudarla a bajar: cada dos semanas iba a visitar a una hija que vivía en el Bronx y yo la volvía a buscar antes del atardecer. Estacioné el carro, cerré, llamé al portero eléctrico, subí. Cuando volví a la calle del brazo de la mujer, el carro ya no estaba. ¡Me habían robado!"

"La policía puso el mismo empeño en el asunto que si yo hubiera hecho la denuncia en la comisaría de Toledo. Me subieron en uno de sus patrulleros y me llevaron a recorrer un puñadito de calles durante diez o quince minutos. Cada tanto prendían la sirena, saludaban a alguna mujer parada en una esquina, fumaban, hacían bromas que no les entendía y se mataban de la risa. 'Hoy no es su día de suerte', me dijo al fin en un arrevesado español un agente cetrino que no sabía pronunciar las erres. Adiós Oldsmobile del 84."

"Me quedé semanas enteras en aquellas dos piezas que todavía ocupábamos. Dormía hasta el mediodía, me levantaba para buscar algo de comer en la heladera, de tardecita salía a caminar, a veces iba a buscar a Silvia y regresábamos juntos. Ella no me decía una palabra y yo seguía sin buscar trabajo, sin ganas de nada, tomando litros de cerveza hasta la madrugada, mirando televisión sin entender la mitad de lo que decían los actores o los informativistas."

"A veces iba a unas reuniones de uruguayos y argentinos que analizaban cuál era la mejor forma de relacionarse con los gringos. Nunca escuché tanta pajería. 'No debemos olvidar que ellos son nuestros enemigos históricos', decía un porteño que estaba estudiando abogacía, 'que el imperialismo es una realidad cada vez más presente en nuestras patrias, que las golpea como nunca, pero que a su vez nosotros hemos progresado aquí y que la prosperidad que hemos alcanzado sería impensable en nuestros países de origen'."

"Dos por tres emitían algún comunicado apoyando a los independentistas de Puerto Rico o en contra del bloqueo a Cuba o de la dictadura de Pinochet o a favor de Panamá y de Grenada. Recibían diarios de Uruguay y de Argentina, algunas revistas de México y de España y habían querido salir a manifestar con pancartas al centro de la ciudad cuando el levantamiento carapintada de Seineldín y cuando se enteraron de lo que estaba pasando en Uruguay con la ley de amnistía a los militares y con el apoyo que le estaba dando Wilson Ferreira Aldunate a la redacción de la misma."

"En realidad Elizabeth siempre me pareció el lugar más detestable del mundo. Lleno de uruguayos y argentinos haciéndose pasar por uruguayos y argentinos todo el tiempo, atentos a las noticias políticas como si estuvieran dispuestos a algún sacrificio, vestidos dos por tres con las camisetas de Peñarol o de Nacional según quién hubiera ganado el último domingo, yendo a comer a los restoranes con nombres típicos -Pizzería Uruguay, El tinajón, Churras Kueira, La cabaña, Mi tierra, Patoruzú, Parrillada Argentina, Amigo Chicken, El chivito de oro-, a comprar bizcochos, dulce de membrillo y tortas fritas a las panaderías Oriental, El Hornero o Costa de Oro, a comprar asado y achuras a algún supermercado donde uno podía ser 'atendido como en su paisito'"

"Pasaba todos los días frente a una panadería de la Tercera Avenida y Centre Street llena de carteles, que todos los 25 de agosto exponía un pizarrón con una bandera dibujada con tizas de colores, un sol con cara de gordo tonto y siempre la misma leyenda: '¡¡A todos nuestros compatriotas felicidades en el mes de la patria!!'. 'Visítenos. Alicia y Wáshington les ofrecen Clásico chivito uruguayo Lechón al horno con rusa Sandwiches calientes Pascualina y fainá Cazuela de mondongo Lengua a la vinagreta Milanesas a la napolitana Churrascos de entraña Comidas de la casa.' No decía 'comida casera', decía 'comida de la casa', y por semanas leí una y otra vez la misma frase sin darme cuenta qué era lo que estaba mal."

"Al poco tiempo viajé solo a Toledo. Pagué el pasaje con algunos ahorros que todavía me quedaban y me fui para casa. Nunca había necesitado tanto estar de nuevo en Uruguay, comparar, darme cuenta de lo que había pasado en los diez u once años que ya llevaba afuera, yendo y viniendo de un lado a otro. No fue nadie al aeropuerto y llegué solo a Montevideo y creo que más solo al pueblo. Juro que nunca me había sentido tan extranjero, ni siquiera cuando a veces me perdía en las calles de Nueva York manejando el taxi y parecía que no iba a encontrar nunca más el camino de regreso."

"Mi padre ya se había muerto, mi madre había vendido la casa y se había ido a vivir con los padres de Miguel, la mayoría de ustedes se había casado, Albertito había cerrado el bar, Saúl se había ido para Maldonado y la esquina estaba desierta, el club estaba atendido por dos viejos tristes y malhumorados, la gente parecía deprimida y todavía seguían hablando del cáncer fulminante que se había llevado a la tumba a Ferreira Aldunate sin dejarlo llegar a la presidencia."

"No demoré más de diez días en volver. Hice algunas salidas, por supuesto, como las que no me atrevía a hacer aquí. Me emborraché en uno o dos quilombos de Pando, estuve en un par de whiskerías, fui a un baile en Canelones, visité a los padres de Silvia, les dije que nunca habíamos estado mejor y que ella no había podido viajar conmigo porque tenía mucho trabajo."

"Al volver tomé una decisión. Silvia empezó a conseguirme lotes de zapatos y me fui a vender a Broadway, en la calle, cerca de donde paraba con el taxi y donde había hecho algunos amigos. Nunca pensé que se pudieran vender tantos zapatos en un día. Iba de mañana con dos bolsos que apenas podía subir al metro y después del mediodía volvía a buscar otro tanto, con la mercadería vendida o encargues de todo tipo. Vendía tanto que terminamos haciéndonos amigos del dueño de la zapatería, un egipcio dueño de unos apartamentos cerca de mi zona de venta."

"Un día nos invitó a su casa, una estupenda mansión en un barrio residencial de Spring Valley, y yo hice una barbacoa para él y su familia que me agradecieron por semanas, acostumbrados como estaban a comer pizzas y pasteles de verdura. Ofreció alquilarnos muy barato uno de los apartamentos vacíos cerca de la 157 y St. Nicholas, y antes de tres días estábamos haciendo la mudanza. 'Fue un verdadero golpe de suerte', le comenté a Silvia, pero no me contestó. A ella siempre le había gustado vivir en Elizabeth."

"Seguí vendiendo zapatos. En la calle se hacen muchos negocios, y un día compré un lote de teléfonos celulares. La mayoría no funcionaba, pero los vendí todos. Después conseguí juguetes y películas de video y relojes suizos y corbatas de seda italianas y perfumes de buenas marcas. Llegué a tener un puesto como de media cuadra y contraté a un muchacho, un rasta blanco que tenía los brazos llenos de tatuajes y se hacía llamar Hueso, para que me ayudara a vender y en particular a vigilar que no me robaran la mercadería."

"Aprendí a comprar, sobre todo perfumes. Para hacer buena plata hay que saber más comprar que vender. Hacía negocios con los hindúes de la Sexta Avenida y con los mejicanos de la calle Catorce, les compraba cajas enteras y vendía los estuches diez o veinte dólares más barato que Macy's. Todo de primera calidad; ni un perfume trucho. Ralph Laurent, Channel, Paco Rabanne, Christian Dior, Carolina Herrera. Lo que en cualquier tienda vendían a cien dólares yo lo vendía a ochenta."

"Pero llegó un momento en que gastaba más plata con

los inspectores que lo que me dejaba el puesto. Una, dos veces a la semana, allá iba Tapita a pagar una multa o gastar en una cometa, sin tener en cuenta además que cualquier día iban a descubrir que no tenía un solo papel en regla y me iban a sacar cagando de Estados Unidos. 'No podemos seguir así', le dijo entonces a Silvia."

"En seguida salimos a buscar un local. Caminamos durante dos días enteros hasta que dimos con una agencia de viajes que tenía una oficina enorme para un par de escritorios, un sofá y un puñado de folletos, sobre Broadway mismo, y hablamos con el dueño. Nos subalquiló la mitad del negocio y a los pocos días estábamos instalados con una perfumería a la que yo quería llamar 'Poison'."

"En realidad el nombre nos llevó semanas enteras de discusiones terribles, porque Silvia quería ponerle cosas como 'Primavera del Plata', 'El ceibo' o 'Aromas del Sur' y yo no estaba de acuerdo. Creo que nunca habíamos discutido con tal ferocidad, como si hubiéramos venido reservando durante trece o catorce años todas las peleas del mundo para descargarlas en un asunto que parecía tan estúpido. Platos rotos, días sin dirigirnos una sola palabra, crisis de llanto, dormir separados, alguna borrachera que otra, hasta que al final una noche en el apartamento quedamos sentados uno frente al otro sin poder explicarnos qué mierda nos estaba pasando."

"'Veneno', admito que le pongas 'Veneno', pero no 'Poisson', me dijo a punto de echarse a llorar nuevamente. La idea no me pareció mala, sobre todo teniendo en cuenta que cerraría de una buena vez una sucesión de altercados que nos habían llenado de furia y de asombro. 'Esta bien, consentí, 'Veneno'."

"'Veneno' comenzó a marchar viento en popa. Mandé a hacer una cortina metálica y separamos con un tabique los dos negocios. La agencia de viajes también pareció prosperar a costa de nuestros clientes, pero al año, cuando debíamos renovar el contrato, el dueño nos pidió el doble de alquiler. Y así, un año atrás de otro."

"Después de estar quince días en Uruguay en el verano de 1995, al volver encontramos el negocio vacío. Nos habían robado hasta el último frasco de esmalte de uñas, los perfumes más caros, las petacas de maquillaje importado, las cremas, las lociones. Del primero que sospeché fue del dueño de la agencia, pero ni siquiera hice la denuncia policial. Casi al mismo tiempo el egipcio nos pidió una nueva renta por el apartamento, tan alta como si nos estuviera hablando de una habitación en el Plaza."

"Ahí empezó una nueva sucesión de peleas con Silvia. Ella quería volver a Elizabeth y poner la perfumería allá. Días y días encerrados, discutiendo a grito pelado, sin ponernos de acuerdo. Llegamos a una ridícula transacción: compraríamos una casita en Elizabeth y mantendríamos el negocio en el Alto Manhattan. Alquilamos un nuevo salón a dos cuadras de donde estaba 'Veneno', llevamos el cartel con el nombre, abrimos la cuenta del banco y repusimos casi toda la mercadería."

"Silvia estuvo un mes visitando inmobiliarias, hasta que dio con 'José González Real State Agency La agencia con alma'. José González era un rosarino de cara picada y camisa de seda que decía odiar a los porteños y amar profundamente a los uruguayos, y que nos vendió una casa en Cliver Street, a un costado de una extraña plaza atravesada por una avenida oscura y silenciosa, lejos de todo y cerca de Roselle."

"'A ustedes, los uruguayos, sólo les está destinado el triunfo, sobre todo en un país generoso como éste', dijo después de que firmáramos el contrato. 'Yo dudo del porvenir de los argentinos. En realidad los argentinos cargamos con una historia con demasiados conflictos, y eso tarde o temprano siempre queda en evidencia. Deliramos. Perdemos el control.'"

"La casa es bonita, no tengo por qué negarlo, pero parece trasmitir una sensación de inseguridad permanente. Una base de concreto que no sobrepasa el metro de altura y después todo lo demás de madera, madera falsa, madera compensada, madera frágil, en donde sin embargo, y contradiciendo todos los presupuestos femeninos, Silvia parecía sentirse protegida como una reina."

"Y otra vez a viajar todos los días, y todos los fines de semana parrilladas y murgas, obras de teatro de ilustres desconocidos con actores de cuarta, bailarines y cantantes de tango que vienen de quién sabe dónde, dulce de leche, ensalada rusa, postre Chajá y chinchulines."

"Las autoridades comunales de Elizabeth parecen también haberse contagiado de la vanidad de los rioplatenses. En poco tiempo todo había pasado de ser una amable ciudad dormitorio a un centro urbano sin comparación. 'We have the Library of the future. We have the police car of the future. We have the Mall of the future', dicen ahora los folletos turísticos."

"Después del robo decidimos no vacacionar más los dos a la misma vez. A principios de abril de 1997 Silvia fue a visitar a los padres durante quince días mientras yo me quedaba atendiendo la perfumería. No recuerdo haber pasado una sola noche en mi casa. Cuando cerraba el negocio me iba para Beecker Street y pasaba horas tomando cerveza y escuchando a un puñado de guitarristas negros que decían haber tocado con Otis Redding y otras celebridades muertas. No fue una mala experiencia. Siempre se encuentra a alguna centroamericana sola, nostálgica y sin saber adónde ir."

"Paré en algunos hoteles umbríos del Soho, de Chelsea y del East Village, donde a la media tarde los maricas andan del brazo por la calle y se besan sin el menor pudor en los bares de la Séptima Avenida."

"Intenté ponerme a hablar con una bellísima mujer en un sótano donde un solitario trompetista trataba de imitar a Miles Davis, pero ella me pidió de buenos modos que no la siguiera molestando, que estaba acompañada o esperando a su novia. Insistí buscando las palabras más dulces que había aprendido, pero me volvió a pedir que me fuera."

"Sin poderme convencer la invité a cenar en algún lugar más respetable. Me dejó seguir hablando y le hizo una seña al encargado del local. Un par de minutos después dos negros grandes como una casa me hicieron subir la escalera a patadas limpias y no se detuvieron hasta verme tirado en la vereda pidiendo perdón en todos los idiomas conocidos."

"Apenas regresó Silvia me fui para Toledo. No pensaba viajar hasta entrado el verano, pero armé una valija, reservé pasajes y me marché enseguida. No viene al caso dar detalles y repetir que todo lo que encontré en el pueblo fue lo mismo que había hallado en mis viajes anteriores y en los de diez años atrás y en los de veinte años."

"Adelanté el regreso y cuando el avión arribó al Kennedy, en lugar de decirle al taxista que condujera hasta

Penn Station le pedí que me dejara en el La Guardia. Entré al hall y me sumé a la primera cola que vi. Estaban sacando pasajes para Houston y sin hacerme la menor pregunta me sumé a esa fila de viajeros, compré un boleto y me fui a la puerta de donde partiría el vuelo."

"Cuando llegué al aeropuerto de Houston alquilé una enorme camioneta Chevrolet negra, de esas que consumen un galón cada cinco millas, y tomé la ruta 10. Manejé durante horas hasta llegar a San Antonio a mitad de la tarde. Me alojé en un hotel de mala muerte y salí a recorrer la ciudad y a emborracharme. Lo que pasó después ustedes lo deben saber por los diarios y la televisión y no tengo ganas de contarlo otra vez."

"Me puse en camino nuevamente y en plena madrugada anduve unas cuantas millas por la 35 hasta que frente a San Marcos, supongo que tras una mala maniobra o una simple equivocación, me encontré de pronto en la ruta 21, una carretera menor y silenciosa, flanqueada por algunos viejísimos ranchos y plantaciones de maíz, que me hizo recordar los caminos que conducen a Carmelo o a Bella Unión, y dejé que la camioneta me llevara en la oscuridad."

"Llegué a una ciudad de nombre Brian o College Station -los carteles se confunden, los comunicados de la policía sostienen que fui detenido en una y no en otra localidad, quizá sea un lugar con dos nombres-, detuve la camioneta y me acosté en el asiento. Dormí más de doce horas, porque estaba amaneciendo cuando apagué el motor, y prácticamente oscurecía cuando me desperté."

"La ciudad está atravesada por una amplia avenida que se llama Texas. Encontré una zona de oscuros bares con paredes de madera, cabezas de alce y fotos de indios y mexicanos ilustres, si es que eso es en alguna medida posible, y bajé a tomar una cerveza. El local adonde entré estaba atestado de estudiantes celebrando el fin de cursos de la universidad. Pedí una cerveza, me acerqué a un barracón donde había seis pooles de tapiz azul y me puse a ver las partidas."

"De inmediato se me acercó un muchacho flaco y de lentes gruesos que cargaba titubeante una jarra de cerveza en la mano derecha. Me desafió a jugar una partida que no me costó ganar más de una docena de tacadas."

"Me invitó con otra cerveza y me desafió nuevamente. Estuvimos casi una hora jugando sin que me pudiera ganar una sola partida. Le sugerí sentarnos antes de que siguiera perdiendo su dinero en fichas. Seguimos bebiendo. Creo que estaba tan borracho como yo y se puso a contarme una historia extraña o triste que lo tenía como protagonista."

"Se llamaba Over y era cubano. Había pertenecido a la Unión de Juventudes Comunistas y había sido secretario estudiantil de la facultad de Física de La Habana. En una oportunidad en la que el gobierno de Fidel Castro lo había enviado a Costa Rica a realizar tareas de intercambio político, había desertado y decidido marcharse para Estados Unidos."

"'Estoy estudiando física nuclear', me dijo, y me pareció que estaba por ponerse a llorar. Detuvo su relato para ir a buscar dos nuevas cervezas y se dejó caer sobre la destartalada silla como si fuera el hombre más decepcionado del mundo. 'Hay una profesora que me recrimina haberme ido de Cuba y me pide que le escriba poemas para salvar un examen.'"

"'Te la tienes que llevar a la cama, chico', le contesté tratando de darle algo de ánimo."

"'Sí, todos me dicen lo mismo, pero no es tan fácil, no lo vayas tú a creer.'"

"La siguiente ronda fue mía. Over bebía con desesperación. Era un extranjero como yo y a cada paso se topaba con alguien que se lo hacía recordar."

"'¿Y tú de dónde eres?', me preguntó."

"'De Uruguay. Yo soy uruguayo.'"

"'Ah, mira qué bien. En La Habana conocíamos a Benedetti y a Galeano.'"

"'Y Peñarol. ¡Peñarol! ¡Peñarol!', agregué en voz alta alzando mi jarra en señal de brindis."

"'Ah, sí, chico. También leíamos al señor Peñarol. Tres magníficos escritores uruguayos', me contestó Over haciendo chocar su jarra, correspondiendo mi gesto."

"Un minuto después el bar se había llenado de policías armados a guerra. Cuando Over se dio cuenta, se arrinconó contra la pared de viejos listones de madera, aterrorizado, ajustándose los gruesos lentes sobre la nariz, seguramente suponiendo que Fidel al fin había dado con su paradero."

"Fueron, con todo y más allá de la sorpresa, gentiles. Me preguntaron si yo era Jorge Eduardo González Broemberg, si era el conductor de la camioneta Chevrolet negra estacionada a media cuadra, y un oficial que hablaba español me dijo que tenía derecho a permanecer callado y a contratar a un abogado, que todo lo que dijera podía ser usado en mi contra y el resto de esa insoportable letanía que solemos escuchar en las seriales de televisión."

10

La carta de Tapita continuaba con algunos párrafos más en los que se volvía a repetir las preguntas del comienzo acerca de cómo era la casa de sus padres, y a plantearse otras interrogantes que ya no podrían hallar respuestas ni siquiera en lo más recóndito de su alma. No daba el menor detalle del juicio ni del fallo del tribunal, no mencionaba otros datos acerca del periplo que lo había llevado a aquel siniestro hotel de San Antonio y luego a esa cárcel donde estaba esperando que alguien, de alguna ignota manera, acabara con su vida.

Un día después del regreso de Silvia a Nueva York, él decidió viajar a Uruguay. La fue a esperar al aeropuerto, la acompañó hasta la casa de Elizabeth, la puso al tanto de las novedades del negocio y le dijo que necesitaba estar unos días en su pueblo, junto a su madre, en compañía de sus viejos amigos, pero en realidad yo sé que regresaba una vez más para que alguien o algo lo ayudara a combatir esa sensación de extranjería que venía experimentando desde mucho tiempo atrás y que había empezado a sospechar que jamás lo abandonaría.

No es que Tapita hiciera una elaboración profunda del tema ni que deseara establecer hipótesis acerca de la fatalidad, de la necesidad o de la conveniencia de declararse un apátrida, como bien pudieron hacer algunos individuos a lo largo de la historia reciente -pienso en Cioran, en Nábokov, en Bianciotti, en Kundera-, quienes terminaron elaborando argumentos y teorías de cierta hondura acerca de su suerte, escribiendo sus obras en otra lengua que no fuera la matriz e incluso pensando en otro idioma que aquel que les fue otorgado en el momento de nacer. No. La ecuación de Tapita era mucho más elemental y primitiva. Más esencial y oscura.

Por supuesto que nadie fue a esperarlo a Carrasco, aunque él se había encargado de telefonear a último momento a su madre y algunos de sus viejos amigos estábamos al tanto de su arribo. Traía una sola valija con ropa y con una caja de perfumes y cosméticos para obsequiar a su madre y a su tía, y con ella viajó desde el aeropuerto hasta el centro y desde allí hasta Toledo. Era el domingo 27 de abril de 1997 y nadie parecía estar en ningún lado y todo el mundo seguía atento a las repercusiones del ataque a la embajada de Japón en Lima, de la operación comandada por el propio Fujimori que terminó con la vida de todos los secuestradores, y de los comunicados de apoyo a los guerrilleros peruanos que los tupamaros habían emitido desde Montevideo tras el cruento suceso. Algunos diarios agregaban a sus titulares de tapa que el obispado uruguayo estaría de acuerdo con las propuestas de Monseñor Pablo Galimberti para esclarecer el paradero de los desaparecidos durante la dictadura militar, pero Tapita, detenido frente a uno de los kioscos de la terminal de ómnibus, esperando el coche con destino a Toledo, no detectó nada de lo que no estuviera enterado o de lo que simplemente le pudiera interesar.

Bajó poco después del mediodía en la parada de la plaza y arrastró su valija a lo largo de un par de cuadras hasta la casa adonde habían vivido su primo Miguel hasta casarse, el padre de éste y la abuela de ambos hasta morir, y que desde hace algunos años habitaban su tía y su madre, tras abandonar ésta la antigua residencia familiar que la memoria de Tapita no lograba reconstruir.

Las mujeres, dos ancianas solitarias, silenciosas, advenedizas, lo recibieron sin fervor pero con manifiesta, sosegada alegría. Le presentaron a una pequeña gatita de tres colores a la que llamaban Alejandrina y que las seguía, funámbula, hipnotizada, por todos las habitaciones. Le sirvieron un suculento plato de ravioles caseros y destaparon una botella de vino tinto, le escucharon hablar del viaje y de algunos pormenores de la vida en Nueva York mientras él devoraba la comida, le reprocharon que Silvia no las hubiera ido a visitar en su reciente viaje y lo obligaron a dormir una siesta "merecida y necesaria" luego de más de doce horas de vuelo.

Tapita se despertó a media tarde, con un agudo dolor de cabeza, y se sentó en el porche, donde las mujeres tomaban mate. Le ofrecieron uno pero él lo rechazó con un murmullo obcecado que ninguna de las dos logró desentrañar. El frente de la casa estaba rodeado por un macizo cerco de ligustros, arbustos y flores, macetas fabricadas con botellas de plástico, un gomero, un laurel rosa y otro blanco que entremezclaban sus ramas y sus capullos, y en el centro del jardín aún se conservaba una anacahuita añosa y leve que Tapita había visto plantar cuando todavía iba a la escuela. A los costados, dos senderos de tierra fresca custodiados por prolijas hileras de ladrillo, daban cuenta de la labor de aquellas mujeres que habían demostrado a la familia, contra todo pronóstico, que podían convivir bajo el mismo techo sin discusiones demasiado agrias ni entredichos demasiado violentos.

Tapita juntó las manos, hundió la mirada en el suelo y

así estuvo durante un par de interminables minutos hasta que escuchó un silbato.

-Están jugando al fútbol -le explicó la madre señalando con la cabeza el rumbo hacia la cancha del Toledo Juniors-. ¿Por qué no vas a ver? De repente encontrás a alguno de los muchachos.

El movió la cabeza negativamente.

-¿Hay cerveza?

-En la heladera. Tu tía se tiene que acordar de todo, porque ésta... -dijo la segunda mujer señalando a la madre de Tapita y moviendo una mano cerca de la sien.

Tapita regresó con un vaso rebosante y se volvió a sentar.

-Contanos cómo es tu casa.

-Linda. Muy linda. Es de madera, llena de alfombras. Los gringos hacen todo de madera y todo lleno de alfombras, por eso le tienen tanto miedo a los incendios. Tiene un garage para dos carros y un jardín al frente. Césped. Tiene césped. Un par de árboles. No sé si Silvia va a plantar flores -contestó mirando el patio pobre y exuberante.

Bebió un largo sorbo y sostuvo el vaso frente a su rostro. Se levantó de repente, fue hasta el interior de la casa y volvió con la botella.

-Me gustaría llevarme una anacahuita para plantar justo enfrente de la puerta de mi casa. No sé si alguna vez vi una anacahuita en Estados Unidos. Seguramente no debe haber. Yo me acuerdo cuando el tío plantó ésta, y todavía está viva y en el mismo lugar. Me acuerdo como si lo estuviera viendo. Me acuerdo como si fuera hoy. El tío se murió pero la anacahuita todavía está ahí.

Se sirvió cerveza nuevamente. Escuchó algunos gritos,

dos, tres pitazos seguidos que venían desde la cancha y una breve y lejana exclamación. Por la calle pasó un auto levantando una interminable nube de polvo y unos segundos después un ruidoso ciclomotor. El polvo reverberó; algunos grumos se depositaron con lentitud sobre el cerco exterior. Al rato pasaron dos muchachos vestidos con camisetas a rayas blancas y negras y un grupo de personas en el que no pudo distinguir a ningún conocido.

-Me hubiera gustado ir a ver el partido -dijo bebiendo.

-¿Cómo va la perfumería? ¿Sigue llamándose "Veneno"?

-"Veneno" va muy bien. Viento en popa. Buenas ventas, buena plata. Hasta que no nos desvalijen otra vez -dijo exhibiendo su media sonrisa.

-Te voy a conseguir una planta de anacahuita para que la lleves y la plantes en tu casa -prometió la tía-. Mañana mismo le pido una a Francisquito.

-Mientras no me la saquen... En la Aduana de Nueva York es más fácil pasar un kilo de cocaína que un brote de malvón.

En menos de media hora terminó su primer litro de cerveza y abrió la segunda botella. Las mujeres siguieron tomando mate, entrando cada tanto a la casa para mirar el reloj como si estuvieran esperando alguna visita o como si estuvieran en vísperas de algún acontecimiento importante.

En determinado momento Tapita miró a su madre con atención y estuvo haciéndolo durante un par de minutos sin que ella se diera cuenta. Era una mujer al borde de los setenta años, aún altiva, de una incierta y poderosa presencia que ni siquiera la opacidad y las arrugas del cutis ni las raíces canas asomando bajo el cabello teñido habían logrado disminuir. Su tía parecía infinitamente más vieja o de menor importancia que ella, si bien siempre se había mostrado más activa. Estoy seguro de que durante esos instantes él debe haber llenado su cabeza de preguntas, acaso las mismas que dos años después se formularía desde la prisión de máxima seguridad de Huntsville acerca de la casa de su infancia. Fue al baño, orinó largamente, y volvió a sentarse en el porche y a servirse más cerveza y a beber otra vez con fruición.

No demoró en caer la tarde, un cielo aterciopelado, turbio, que fue marcando el horizonte tras la breve vegetación, tras la calle y el baldío de enfrente, tras algunos techos de chapas rojizas de las manzanas más próximas. Con dos litros de cerveza en el estómago, Tapita se puso de pie y le anunció a las mujeres que salía a dar una vuelta. Enfiló hacia la plaza, donde algunos muchachos empezaban a ocupar los bancos de concreto: todos desconocidos, todos demasiado jóvenes, quizá los hijos de sus viejos amigos o vecinos. Continuó rumbo a la estación y se topó a mitad de camino con una astrosa cantina atendida por un hombre de vientre prominente, a quien le costó reconocer. Se dieron un abrazo, un apretón de manos; a ninguno de los dos le importó demasiado la memoria que cada uno guardaba del otro, y Tapita lo invitó con una copa. Ambos bebieron en silencio hasta que el hombre le dirigió la palabra.

-Hace meses que no te veíamos por aquí.

Tapita asintió con la cabeza dándose cuenta de que se avecinaba una conversación que no le interesaba mantener.

-¿Por dónde andás ahora?

-En Nueva York -farfulló.

El hombre lo miró como si le estuviera haciendo una broma y sonrió sin ganas.

-En Nueva York -repitió Tapita-. Hace trece años que vivo en Nueva York.

No desdibujó el cantinero la sonrisa pero apuró su trago. Chasqueó la lengua, miró para afuera y después encaminó sus pasos hacia la vereda, en donde lo esperaba un pequeño taburete. Se sentó y dejó a Tapita solo contra un viejo mostrador de mármol y madera que él creyó reconocer de otro bar que alguna vez, más de veinte años atrás, había llegado a frecuentar. Tapita bebió su jarra de cerveza mirando la estantería sobre la antigua heladera, un par de filas de botellas polvorientas y cajas de whisky vacías, y sobre la pared el escudo de un club de fútbol y un oscuro retrato de Gardel que también le pareció conocer de antes, de otro lugar.

-Nos vemos, Bebe -se despidió Tapita un minuto después y vio cómo desde su asiento el hombre apenas movía la cabeza para saludar.

Siguió rumbo a la estación. En la esquina del bar de Saúl encontró una casa de altas ventanas ciegas y donde antes funcionaba el Acuario un boliche con las puertas cerradas. Los andenes estaban vacíos y en las vías laterales unos destartalados vagones de transporte de mudanzas esperaban ser trasladados a cualquier lugar del mundo. Continuó su camino en dirección a la entrada del Vivero, con el cielo ya umbrío y un mar de estrellas sobre la cabeza. Dio vuelta a la ancha manzana, pasó frente a la escuela pública, le pareció encontrarla exactamente igual a cuando él iba con su hermana y con su primo, y apuró el paso. Encontró a la entrada del Juventud Unida a Julio Marrero, uno de los amigos con los que solía viajar en tren cuando trabajaba en la fábrica de papel y lo saludó con un fuerte apretón de manos. Julio también había estado bebiendo en la tarde y ambos intuyeron de inmediato que se habían encontrado con el mejor compañero posible para continuar de copas. Se sentaron en uno de los bancos del patio, pero tras terminar con el primer litro de cerveza el frío los obligó a refugiarse en la cantina.

Recién entonces Tapita nos vio en una mesa. Estábamos jugando a las cartas Juan Carlos, Payala, el viejo Carabajal y yo. Se acercó a saludarnos, nos dio la mano uno por uno y preguntó si queríamos tomar una cerveza. Le mostramos nuestros vasos servidos, agradeciéndole, y se retiró al mostrador donde lo esperaba su amigo con dos jarras repletas.

Hay momentos en que la noche avanza de modo descontrolado, y ése fue uno de ellos.

Al poco rato Tapita y Julio apenas se podían mantener en pie y decidieron abrazarse: era una fórmula de equilibrio o de consuelo, un modo de conjurar lo irresuelto, algo más poderoso que todas las fuerzas que podrían haber atesorado a lo largo de sus vidas. Tapita lo invitó a ir a los quilombos de Pando, le dijo en voz alta y confusa que si lo acompañaba le pagaba el polvo, sacó de un bolsillo del saco su billetera y le mostró un abultado fajo de dólares que fue separando entre sus dedos.

-Yo invito, Julio, yo invito.

Le preguntó al cantinero cómo se podría conseguir un taxi que los llevara hasta Pando y le pidieron que hiciera una llamada desde su celular.

-En quince minutos los vienen a buscar -les comunicó el hombre detrás del mostrador.

Tapita se acercó nuevamente a la mesa donde nosotros continuábamos jugando.

-Amigos. Mis mejores amigos -dijo en su trabalengua y palmeó con fuerza la espalda de Juan Carlos-. ¿No quieren venir con Julio y conmigo a los quilombos de Pando? Yo invito. Yo pago los polvos.

El viejo Carabajal levantó la cabeza, molesto.

-Dejá jugar, loco, dejá jugar.

-Ellos son mis amigos. Mis amigos de toda la vida.

-¡Que van a ser tus amigos! No molestes. Dejá jugar a las cartas -exigió otra vez y bebió un largo trago de su vaso de amarga.

Un grupo de muchachos entró al club y se arrimó a la mesa de pool. Uno de ellos colocó una ficha y las bolas cayeron con estruendo. El cantinero encendió la radio y un murmullo de estática inundó los parlantes ubicados en cada uno de los extremos del salón.

-¡Claro que son mis amigos! ¿Vos quién sos para decirme quiénes son mis amigos y quiénes no son? -preguntó Tapita subiendo la voz y volviendo a palmear a Juan Carlos.

-Yo soy Carabajal -respondió el viejo tratando de ordenar sus naipes, retirando hacia atrás la cabeza para ver mejor.

-Y yo soy Jorge Eduardo González, Tapita, y ellos son mis amigos desde siempre.

-¡Qué van a ser tus amigos! ¿Desde cuándo los conocés?

-¿Cómo desde cuándo los conozco? Mirá, Julio -dijo dirigiéndose al otro que continuaba recostado al mostrador-. Este viejo de mierda me pregunta que desde cuándo los conozco a ustedes.

Uno de los muchachos que jugaban al pool maldijo en voz alta.

-¡Eh, cocodrilo, esas cosas no se dicen en el club! -le advirtió el viejo. Se paró como despedido por un resorte, empinó el vaso vacío buscando la última gota de alcohol y le pidió al cantinero que lo volviera a servir. Tapita hizo un movimiento defensivo, retrocedió, tambaleó y terminó prendiéndose de la campera de Juan Carlos para no caerse. Acomodó otra vez su cuerpo y esperó a que Carabajal se sentara nuevamente.

-¿Cómo que desde cuándo los conozco? Ellos son mis amigos de toda la vida.

-Dejá seguir jugando, loco. No molestes. Andate para el mostrador, que allí te está esperando el otro borracho.

-Voy si quiero -respondió Tapita extendiendo una mano sobre la superficie de la mesa y golpeando con violencia, haciendo saltar las cartas.

-Dejá jugar, loco. Dejá jugar. No molestes -repitió el viejo.

Tapita se acercó a Julio, levantó la jarra de cerveza e hizo un gesto pidiéndole brindar. El otro lo acompañó con una sonrisa somnolienta. Tenía los ojos enrojecidos y una amarillenta palidez le atravesaba las mejillas y la frente.

-¿Quién lo conoce a este viejo de mierda? -se preguntó en voz baja sabiendo que poco le importaría que alguien le ofreciera una respuesta-. ¿Quién conoce a este milico? ¡Hay que ser dos veces milico en la vida! ¿Cuánto tiempo hace que está en el pueblo? Tres años. Cuatro años.

Julio volvió a pasar un brazo sobre los hombros de Tapita y lo arrimó al mostrador.

-Yo te acompaño, te espero si querés, pero no me pidas que entre. Cuando estoy borracho no se me para -le confesó al oído y lanzó una carcajada.

-Vos venís conmigo y yo te invito con el polvo. ¿Cómo no se te va a parar, chico?

-No se me para, hermano. Yo sé por qué te digo.

Ríeron los dos. Una risa incontenible, exagerada, triste.

-Vos venís, te elegimos una mina entre los dos y le explicamos. Le decimos que cuando estás un poco borracho demorás para que se te pare y ella arregla todo.

-No, hermano, no se me para hasta el otro día.

-No seas bobo, esas mujeres arreglan cualquier cosa -dijo Tapita ríendo a lágrimas-. Esas mujeres son tan macanudas que capaz que hasta se la hacen parar al viejo Carabajal.

-Yo no preciso nada para que se me pare -replicó el viejo desde la mesa.

Tapita dio tres complicados pasos, se paró a mi lado, me acarició la nuca, me invitó a ir con ellos a Pando.

-Yo no puedo, yo soy un hombre casado -le contesté girando la cabeza para mirarlo, sonríendo.

-Ahora sos un hombre casado, como Juan Carlos, como Payala. Este viejo no, qué va a ser casado. ¿Qué mujer querría casarse con un viejo así? Para pasar miseria mejor seguir soltera -dijo Tapita volviendo a reír.

Carabajal lo observó con disgusto y bebió otro interminable trago. Casi sin darse cuenta había vaciado nuevamente su vaso de amarga y se quedó mirando a trasluz el cristal transparente. No se levantó esta vez: estiró su brazo hacia el mostrador y el cantinero se levantó para servirle.

-Dejá jugar, loco. Dejá jugar. No molestes. Vos no conocés a nadie aquí.

-¿Cómo que no conozco a nadie? -reaccionó Tapita borrando de golpe su media sonrisa, ya decididamente ofuscado-. Yo conozco a todos aquí, yo vi nacer a todos aquí.

-¡Qué vas a conocer! ¿A quién conocés vos? Yo los conozco a todos, mucho antes que vos.

-¡Yo conozco a todos antes que nadie! -gritó Tapita y volvió a golpear con violencia el centro de la mesa. Las cartas se desparramaron y una cayó al piso. Me agaché a recogerla y la volví a colocar en el mazo.

-¡Qué vas a conocer! ¡Si yo vi nacer a cada uno de estos cocodrilos!

-¡Vos no conocés a nadie, viejo culo roto!

Desde el mostrador y tras un denodado esfuerzo, Julio se arrimó a la mesa y tomó del brazo a Tapita.

-Vení, Jorge; aquí nadie conoce a nadie -le farfulló cerca del oído tratando de calmarlo.

El taxi dio vuelta en el patio hasta estacionar casi frente a la puerta del salón. Se bajó un hombre gordo, de lentes, y preguntó desde el umbral quién lo había llamado.

-Nadie lo llamó. Nadie -le contestó Tapita acodándose al mostrador-. Venga, amigo, tómese una. Yo lo había llamado para que nos llevara hasta los quilombos de Pando, pero aquí mi amigo dice que cuando está un poco borracho no se le para. Yo le digo que esas mujeres se la hacen parar a cualquiera, hasta al viejo Carabajal, pero él dice que cuando está borracho no se le para hasta el mes que viene. Entonces, ¿para qué mierda vamos a ir? A él no se le para y a mí ya se me fueron las ganas.

El hombre hizo un gesto de fastidio, miró al cantinero, después a Julio y al Tapita, meneó la cabeza.

-Si quiere, vamos. Yo pago el polvo -dijo y volvió a sacar la billetera y el fajo de billetes verdes-. Yo lo invito.

El taxista regresó al coche de mal humor y retrocedió

a toda velocidad, dejando un marcado rastro en la grava y levantando una nube de polvo que pareció inmovilizarse en el aire. Desapareció tras la primera esquina de la plaza.

Volvieron a caer las bolas del pool. Por los parlantes se escuchó la voz de un cantante, "tengo el alma en pedazos, ya no aguanto esta pena" o algo por el estilo. Tapita dio vuelta la cabeza, se cruzó con los ojos de Juan Carlos.

-¿Te acordás cuando íbamos a los quilombos de Pando? ¿Y vos, te acordás? -me preguntó-. ¿No quieren venir?

Sacó un billete de un dólar y lo puso en el centro de la mesa, debajo del mazo.

-Tengo plata. Buena plata -murmuró y volvió a buscar en la billetera. Sacó otro dólar, lo colocó al lado del otro-. Este viejo de mierda dice que los conoce a ustedes antes que yo.

-Claro que los conozco. A todos los conozco. ¿Cómo que no los voy a conocer?

-Los conocés, sí, pero yo los conozco antes que vos.

-¡Qué vas a conocer antes que yo, loco! ¡Si yo los conozco de toda la vida!

-¡Pero vos, qué vas a conocer antes que yo! ¡Aquí nadie conoce a nadie antes que yo! -gritó Tapita apoyándose con las dos manos sobre la mesa, tratando de no caer hacia adelante. Su movimiento fue tan brusco que dio vuelta los naipes que debían permanecer ocultos. Se irguió con un desesperado esfuerzo que hubiera conseguido derribar una pared, entrecerró los ojos, dio un largo suspiro tirando la cabeza para atrás-. Cómo vas a decir que los conocés antes que yo si vos hace tres días que estás en Toledo, viejo de mierda.

-¡Treinta años hace que estoy en Toledo! ¡Mirá lo que

hiciste con las cartas! Andá con el otro borracho y dejá jugar, loco, dejá jugar.

Cuando Tapita volvió al mostrador, Julio, sin despedirse, cruzaba la puerta con la cabeza gacha y el paso tambaleante. Zigzagueó acaso tratando de esquivar la huella que había dejado el taxi, se detuvo un instante contra uno de los pilares del portón de entrada, quedó quieto como una sombra y emprendió otra vez su camino sin darse vuelta para saludar. Tapita quedó solo frente a una jarra que aún contenía cerveza, alcanzó a mojarse los labios y le preguntó al cantinero cuánto debía. Puso un billete de diez dólares a un costado de la botella y miró interrogante.

-Si te vas enseguida te lo acepto -le dijo el cantinero frunciendo el ceño.

Tapita se marchó en silencio, lentamente. Cuando llegó a la casa de su tía, las dos mujeres estaban sentadas frente al televisor. La luz multicolor les envolvía los rostros. Sobre el regazo de su madre dormitaba Alejandrina. Se acomodó con dificultad, exhausto, en un viejo sillón tapizado con un raído terciopelo bordó y miró la pantalla centelleante. Hombres, mujeres, caminando por una ancha avenida peatonal y la voz de un locutor oculto. Después una panorámica del centro de una ciudad europea, una fuente con chorros de agua bajando y subiendo sincronizadamente alrededor de un par de angelitos desnudos. Las mujeres no le dirigieron la palabra y apenas lo miraron cuando se sentó. Después un tren, el tren más veloz del planeta, un destello plateado, un maquinista rubio y de ojos celestes cargando un pequeño bolso de gimnasia, ajustándose una gorra azul con visera de cuero.

Otra vez Tapita centró la atención en su madre. Ella mantenía los ojos congelados sobre la pantalla y acariciaba el lomo amarillento de la gata casi sin darse cuenta. La acariciaba con dos dedos, el índice y el mayor de su mano derecha, y cada tanto la gata levantaba la cabeza, miraba hacia arriba con una inequívoca expresión de agradecimiento y volvía a acurrucarse en la falda.

Tapita prácticamente no salió del cuarto que habían ocupado cuarenta años atrás su primo Miguel y su abuela durante los dos días siguientes, y al tercero, miércoles 30 de abril de 1997, en el primer vuelo disponible regresó a Estados Unidos.

11

Ese día la madre de Tapita pareció estar muy apurada, y a las doce y media ya los había vestido y prácticamente empujado rumbo a la escuela, sin prestarle demasiada atención a los zapatos embarrados de su hijo ni a la moña arrugada ni al broche de pelo mal colocado sobre la nuca de la hermana.

Los niños cargaron sus portafolios y salieron caminando, ellos también con paso apresurado, tras despedirse con besos fugaces, insignificantes.

Cuando iban llegando a la plaza, la hermana de Tapita se dio cuenta de que no había puesto la carpeta de deberes en el portafolio y le pidió a su hermano que la acompañara a buscarla a la casa.

—Le decís a la maestra que te olvidaste —sugirió él.

—No: la maestra me mata —dijo la niña a punto de estallar en llanto, y reiteró su pedido acongojada.

Dieron marcha atrás y desanduvieron las tres cuadras que los separaban de la casa. Cuando llegaron, vieron que el portón estaba cerrado y que en el marco de la ventana del frente había una maceta yerma, de desvaído color terracota con los bordes descascarados.

De todas formas, y tras haberse detenido un instante, la niña cruzó el puentecito de concreto y abrió el portón, siempre seguida por su hermano. Se acercó a la puerta del porche dispuesta a golpear, pero algo la detuvo. Adentro parecía reinar el silencio más absoluto, pero de pronto pudieron escuchar la risa de la madre, la voz sofocada de un hombre y el aparato de radio que era encendido en ese mismo momento. Una música extraña inundó las habitaciones y llegó hasta el umbral donde estaban los hermanos.

La niña decidió golpear en la puerta del fondo. Cuando llegó al patio llamó un par de veces.

-¡Mamá! ¡Mamá! -dijo en voz tan baja que Tapita, parado detrás de ella, apenas pudo oírla.

Desde la ventana entreabierta de la cocina volvieron a escuchar una voz masculina, susurrante, y un segundo después las palabras de un locutor radial interrumpiendo la música: "Uruguay, país de promesas y futuro venturoso. Uruguay, país de oportunidades".

Los niños se dieron vuelta y emprendieron nuevamente el camino de la escuela.

-Le decís a la maestra que te olvidaste de los deberes -volvió a aconsejar Tapita a su hermana.

-Sí, le digo a la maestra que me olvidé -murmuró la niña.

Tapita llegó al aeropuerto John F. Kennedy al amanecer del 1º de mayo y se subió a un taxi. Primero le indicó al conductor, un hombre de tez oscura que tenía la cabeza cubierta por un extraño tocado, que lo llevara hasta Penn Station, donde tomaría el tren para llegar a Elizabeth, pero a las pocas cuadras se arrepintió y decidió cambiar el rumbo. Le dijo al chofer que condujera hasta el aeropuerto La Guardia, le dirigió un par de frases en un pésimo inglés que al otro no le importó no comprender, y al llegar se sumó a la primera fila de gente que encontró frente a las oficinas

de American Airlines. Compró un boleto, y recién cuando
lo tuvo entre sus manos se enteró de que estaba a punto de
viajar a Houston, Texas, ciudad a casi cinco horas de vuelo
que nunca había visitado y que de pronto sintió enormes
deseos de conocer.

Unos minutos después de bajar del avión en el aeropuerto
de Houston, entró a las oficinas de Advantage y alquiló por
cinco días una enorme camioneta Chevrolet negra de altísimos
neumáticos y vidrios espejados. Una vez al volante, pareció
recuperar una seguridad de sí mismo que había perdido tras
los episodios de un par de días atrás, y de inmediato se adentró
en una de las calles que lo llevarían, luego de una serie de
indecisiones y errores, hasta la ruta 10 oeste.

Por un momento pensó que esa vía atestada de coches
y gigantescos camiones que circulaban a toda velocidad lo
dejaría en el centro de la ciudad, pero un par de minutos
después de haberse colocado en uno de los carriles vio
por el espejo retrovisor cómo los gigantescos edificios del
down-town se alejaban cada vez más, al punto de terminar
desapareciendo en la transparente luz del mediodía. Unos
kilómetros más adelante la ruta se hizo de dos carriles y
el tránsito se despejó. La Chevrolet parecía andar sola, sin
necesidad de ningún tripulante, y eso también lo llenó de
satisfacción. Recién entonces encendió la radio. Un chirriante
violín, la voz nasal de una mujer, después el punteo de un
bajo: la música country inundó la cabina y Tapita decidió no
mover el dial.

Bajó el pie hasta llegar a los ciento treinta kilómetros
por hora y continuó por esa carretera rodeada de vegetación
generosa. Después vio algunos carteles indicando cuántas

millas restaban para llegar a San Antonio y entonces se dijo que ese sería un buen destino, que, hasta por su mismo nombre, San Antonio debería ser una ciudad linda de conocer e incluso un buen lugar para pasar la primera noche de esas vacaciones que habían cambiado radicalmente de rumbo. Se preguntó con ironía qué milagros habría hecho San Antonio a lo largo de su vida además de conseguirle novio a las solteronas, y se acordó de inmediato de las imágenes de San Jorge derrotando al dragón que la abuela, cuarenta años atrás y tras enviudar, había diseminado por todos las habitaciones de la casa de su primo Miguel tratando de conjurar sus sueños con serpientes buenas y malas. Miró el reloj, calculó que Silvia estaría atendiendo "Veneno" y seguramente pensando en que él andaría a esa misma hora paseando sus huesos por las callecitas melancólicas de Toledo, y lanzó una estruendosa carcajada.

-Tapita en Texas -murmuró y volvió a reír con fuerza.

Por un brevísimo momento le pareció darse cuenta de que nunca se había acercado tanto a ser nadie de la forma y con la intensidad con que lo estaba haciendo en ese preciso instante, pero estoy seguro de que semejante pensamiento le debe haber resultado demasiado complejo, cuando no decididamente abstruso. Entonces subió el volumen de la radio y dejó que la voz de Dolly Parton, desde sus enormes y bellísimas tetas, le llenara de golpe la cabeza.

Se detuvo a medio camino, en los accesos a Schulenburg, un pequeño pueblo al costado de la carretera. Cargó combustible y entró después a un McDonald's, donde devoró un paquete de papas fritas y un par de hamburguesas. No probaba bocado desde la cena en el avión, poco después de despegar de San Pablo. En un pequeño supermercado compró un cartón de cigarrillos, un pack de seis latas de cerveza fría, un mapa carretero de Texas y otro de San Antonio, y recogió unos folletos turísticos de todo el estado que le prometían las diversiones más exquisitas y sofisticadas del mundo. Intercambió unas pocas palabras con la mujer que atendía el negocio, una anciana de pelo rojo y gruesos lentes que parecía recién salida de una sesión de maquillaje abstracto. Se despidió con una leve reverencia, subió a la camioneta y encendió el motor haciéndolo tronar con una acelerada a fondo. Las agujas del tablero zozobraron sobre sus marcas y el vehículo pareció hamacarse perezosamente. Sintió un infinito placer.

Unos kilómetros antes de llegar al centro de San Antonio volvió a equivocarse de carril y fue despedido de la ruta por la marea incesante de automóviles. Se detuvo entonces en la explanada de una estación de servicio y durante unos segundos pareció quedar atrapado por el pánico. Sintió un miedo terrible de perderse, se imaginó pasar el resto de su vida conduciendo en círculos por calles desconocidas, pero al fin logró serenarse y continuó conduciendo por una carretera menor que pronto comenzó a atravesar unos tranquilos suburbios de casitas de madera y jardines con césped, parecidas a la que él y Silvia habían comprado en Elizabeth.

Volvió después a entrar en otra autopista, la 35, y bordeó durante cuadras y cuadras las instalaciones del fuerte Sam Houston, hasta que empezó a divisar los edificios del centro. Cuando llegó a la plaza central de San Antonio, unos minutos después de las 17 horas, la ciudad parecía desierta. Bajó y subió un par de veces por Commerce Street y por Broadway, dobló en una y otra esquina por calles empedradas y vacías, hasta que se encontró frente a un viejo edificio de ladrillo de tres pisos y un cartel que indicaba Hotel Navarro. Apagó el motor y con su valija en una mano se dirigió a la recepción. Una mujer mexicana, gorda, cobriza y misteriosa, lo atendió con una perseverante sonrisa, sin apartar su mirada ni por un instante de los ojos de Tapita. Le dio la llave de una habitación del segundo piso, le advirtió que debería subir por la escalera, le indicó dónde podría estacionar y, a pesar de ser poco más media tarde, le deseó felices sueños.

Tapita subió por unas escaleras empolvadas y ruidosas, entró a la habitación y dejó la valija a un costado de la cama, dio un rápido vistazo a las paredes empapeladas a rayas verdes y doradas que repetían el motivo del angosto y penumbroso corredor, y bajó de inmediato a estacionar la Chevrolet en un predio a los fondos del hotel. No fue fácil ubicar la camioneta en el pequeño espacio que encontró entre dos automóviles y un frondoso árbol que sobresalía algunos metros sobre el muro lindero, pero al final lo logró. Cuando descendió decidido a emprender una recorrida por el centro de la ciudad, vio cómo un patrullero entraba al estacionamiento a toda velocidad, cómo frenaba bruscamente frente a una pequeña puerta a los fondos del hotel y cómo luego de su interior descendían dos agentes de policía y golpeaban furiosamente armas en mano. Tapita apuró sus pasos y se sintió mejor una vez en la vereda. Comenzó su camino calle arriba, guiado por el altísimo pretil de un Marriott's, y cuando estuvo nuevamente frente a la plaza buscó un lugar dónde beber una cerveza. Aún no oscurecía, pero pudo ver en el cielo unos manojos arremolinados de nubes nocturnas. En ese preciso momento empezó su festín de alcohol. En un pequeño bar de mesas de madera rústica bebió sus primeras cervezas, tres, cuatro botellitas de Budweiser, y comenzó a sentir el cansancio que un viaje de casi veinticuatro horas ininterrumpidas había provocado en su cuerpo. Sintió una somnolencia que sin embargo le pareció agradable y tuvo dificultad en ponerse de pie, pero pagó y salió otra vez a la calle.

Caminó durante un buen rato con la idea de despejarse y de volver a beber hasta que se topó entre los edificios con un sinuoso canal de aguas serenas y oscuras, y vio después un lento lanchón atestado de turistas. Bajó a los costados de un pequeño puente de metal y se encaminó por una vereda arbolada a orillas del River Walk, hasta encontrarse un par de cuadras más adelante con una aglomeración de gente bulliciosa haciendo cola para comprar un boleto. Se colocó en la fila y unos minutos después estaba con un ticket en sus manos que un fotógrafo le reclamó antes de subir al lanchón. El hombre de la cámara lo ubicó detrás de un cartel que decía "San Antonio River Walk" y disparó su flash.

El contrapunto de profunda oscuridad debajo de los puentes y de deslumbrante iluminación de los hoteles y restoranes de lujo que rodean el paso del tour, la voz monótona e indescifrable del guía que iba al frente del lanchón, la pesadumbre y el rumor del agua, terminaron por embriagarlo. Cuando bajó, veinticinco minutos después, buscó con desesperación otro lugar donde seguir bebiendo y se acomodó en un bar al aire libre al costado del río, casi frente a un pequeño anfiteatro sobre el agua donde un grupo de hombres vestidos de blanco y mujeres con polleras multicolores bailaban un corrido mexicano y eran fotografiados desde la otra orilla del canal.

Pidió cerveza nuevamente y tras la primera botella sintió que su cuerpo pesaba una tonelada y que sería muy difícil que alguien lo pudiera mover de allí. Las mesas a su alrededor se fueron llenando de muchachos vestidos de frac y de muchachas en elegantes trajes de noche que celebraban el fin de cursos de alguna universidad. Parecían demasiado correctos para cualquier tipo de festejo, y casi todos estaban acompañados de sus padres. Tapita bebió otras cuatro o cinco botellitas y decidió al fin marcharse.

Antes de tomar el camino del hotel pasó frente a una plaza iluminada por un centenar de bombillas amarillentas y vio a su izquierda una glorieta de madera pintada de blanco, y creyó sentir una familiaridad que no se pudo explicar. No había nadie dentro de la alambicada estructura, pero él supuso encontrar a alguien conocido, a un hombre de gabardina, a una mujer estúpida, sentados, conversando durante largas horas, haciendo proyectos imposibles, de pronto poniéndose de pie, el hombre intentando besar a la mujer y siendo rechazado por ella.

Cuando llegó frente a la fachada del hotel se equivocó y en lugar de entrar a la recepción empujó una puerta de vidrio que lo dejó en el umbral de una habitación, de un dormitorio, de una extraña escena: una vela de luz trémula, un anciano descansando en una enorme cama de dos plazas y a su lado, de pie y tomándole la mano, otro individuo de unos cuarenta años, semidesnudo, reflejándose en un espejo que ocupaba casi toda la pared del fondo.

Tapita alcanzó a pedir disculpas y cerró rápidamente, dando dos pasos atrás, trastrabillando. Le pareció ver que tras el mostrador de acceso todavía estaba la misma mujer mexicana que lo había atendido en la tarde, mirando televisión, pero no quiso cruzar una sola palabra con ella. Luego de girar en el descanso del primer piso se cruzó con una pareja de hombres jóvenes: caminaban abrazados, los dos tenían el pelo cortado al rape, eran altos y uno de ellos llevaba una rosa roja en la mano derecha. Bajó la cabeza, los esquivó y siguió subiendo. No fue fácil colocar la llave en la cerradura. Lo intentó tres, cuatro veces. Cuando sintió que lo había logrado, se abrió la puerta de la pieza de enfrente; por una rendija apareció una mujer en deshabillé con una sonrisa franca y pálida. Tapita pudo ver detrás de ella una cama desarreglada y, a un costado, también de pie, también sonriendo, a otra mujer en combinación, una pequeña mujer rubia de abultado vientre y piernas blancas y flácidas, que le hizo una equívoca seña invitándolo a entrar.

Al fin adentro de su habitación se sentó en el borde de la cama, destapó una de las latas de cerveza que había comprado en el camino y encendió un cigarrillo. La cabeza le daba vueltas. Pitó dos, tres veces con fruición, y buscó un cenicero. Sólo encontró un platillo de melamina en un cajón de la mesa de luz y lo colocó a un costado, encima de la almohada. Fue al baño con la intención de orinar pero tuvo que sentarse en el water. Se miró las largas piernas que se negaban a sostenerlo, como si estuvieran huecas, como si no le pertenecieran, y entrecerró los ojos tras un profundo suspiro.

Debe haberse quedado dormido unos diez minutos, porque cuando volvió a la pieza se dio cuenta de que había dejado el cigarrillo encendido, de que el improvisado cenicero había resbalado de la almohada y de que la cama, la vieja colcha de hilo que la cubría, las sábanas, el ruinoso colchón de lana, ardían como una caja de fósforos, como un manojo de pinocha, como un galpón de madera y lata, como una vaca enloquecida. Atinó apenas a recoger su valija y a atravesar a toda marcha el oscuro y angosto corredor rumbo a la escalera. Descendió a toda velocidad, pero no vio a nadie cuando llegó a la recepción. No estaba la mujer mexicana y el televisor sin volumen emitía para nadie tenues destellos de color. Salió corriendo hasta llegar al estacionamiento y montó en su Chevrolet negra. Dos o tres cuadras adelante, frente a un semáforo, se detuvo un segundo y miró por la ventanilla del vehículo. Pudo ver una espesa columna de humo negro tras la alta marquesina del hotel y las primeras lenguas de fuego emergiendo de una de las ventanas del segundo piso. Aceleró sin volver la cabeza atrás, tomó por una ancha avenida desierta y cuando quiso acordar abordó la 35 norte. Los primeros carteles le anunciaron la distancia que lo separaba de San Marcos, de Waco, de Fort Worth y de Dallas. Encendió la radio y un sombrío ruido a estática ocupó la cabina.

Casi frente a la entrada a San Marcos escuchó la sirena de un patrullero o de una ambulancia y el retrovisor le devolvió los destellos de las luces azules y rojas de un vehículo que se acercaba a toda velocidad. Hizo una brusca maniobra impulsado por el temor, giró a la derecha en una de las salidas de la carretera y se encontró de pronto con los carteles indicadores de la ruta 21 y con los nombres de dos o tres pueblos que no alcanzó a leer. Recién entonces se dio cuenta de que nadie lo perseguía, de que detrás suyo sólo se podía distinguir la profunda oscuridad y de que podía seguir conduciendo en calma hasta donde el camino lo llevara.

A la noche siguiente la policía lo detuvo en un bar de College Station y fue trasladado de inmediato a la prisión de Houston, donde lo acusaron de homicidio múltiple. Después de ser interrogado una y otra vez, le ofrecieron hacer una llamada, pero Tapita pasó más de una semana sin enterar a Silvia de lo que estaba pasando. Ella viajó de inmediato y le permitieron visitar a su esposo. Tuvieron un breve encuentro separados por rejas y rodeados por media docena de guardias de seguridad. No fue demasiado lo que hablaron: Tapita se remitió a una brevísima síntesis de lo que creía que había pasado, y ella a escucharlo en silencio, absorta, sin ofrecerle la menor respuesta ni saber cómo reaccionar frente a lo que estaba escuchando o a lo que se debía hacer en un caso semejante. A los tres o cuatro días, tras entrevistarse con el abogado, Silvia voló de regreso a Nueva York. No viajó más que un par de veces en los dos años en que Tapita estuvo preso, la segunda en ocasión del juicio para escuchar el fallo del tribunal y la última a fines del año pasado, unos días antes de las fiestas.

Sería imposible o decididamente ocioso evaluar los errores cometidos por el abogado de Tapita o la saña con que su caso fue analizado por un puñado de hombres y mujeres blancos, protestantes, anglosajones, respetablemente ancianos, hartos de las campañas públicas a favor de los inmigrantes latinos condenados a las más severas penas del estado de Texas, hartos de oír hablar de la discriminación racial y de otro puñado de letanías sin mayores consecuencias.

En determinado momento del juicio, y cuando ya todo hacía prever la pena máxima, el fiscal ofreció un trato al abogado de Tapita. Era un trato mezquino, bizarro, pero el abogado corrió a comunicárselo como si hubiera logrado el mayor triunfo en la historia de los episodios judiciales. El fiscal proponía caratular el caso como homicidio imprudencial, lo que podría llegar a brindarle la libertad a Tapita, pero condenarlo simultáneamente por omisión grave, lo que lo obligaría a estar, en vista de los terribles resultados del incendio, no menos de veinticinco años en prisión. Eso, o la inyección letal.

El abogado le explicó a Tapita los pormenores del proceso. Transpiraba en el pequeño cuarto donde estaban reunidos a solas, se frotaba las manos, corregía la posición de la corbata, sacaba cada tanto un pañuelo de seda perfumado para secarse el sudor de la frente, intentaba buscar en su rudimentario español las palabras más adecuadas para hacerle entender a su cliente que, si bien seguramente moriría en prisión, tendría una infinidad de probabilidades de pasar los últimos años de su vida -¿quién sabe cuántos, uno, dos, tres años?- en libertad. Tapita se rió de costado, lo dejó seguir hablando, escuchó con atención el atropellado discurso en el que se mezclaban expresiones del inglés y del castellano.

-En resumidas cuentas -dijo de pronto interrumpiendo al abogado-, lo que este hombre quiere es que yo elija entre morir de viejo en una cárcel condenado por cobarde o morir dentro de un par de semanas acusado de asesino.

-¡Sí, sí! -exclamó el abogado moviendo compulsivamente la cabeza hacia arriba y hacia abajo.

Tapita abrió las manos en gesto de obviedad.

-Prefiero morir por asesino -dijo con voz serena, calculada-. ¿A quién le interesa en este mundo ser acusado de cobarde, tener que admitirlo y encima ser condenado y morir por ello? Un hombre cobarde es un hombre que no existe.

El abogado lo miró con extrañeza. Inclinó su torso hacia adelante, amagó a contestarle, pero retrocedió confundido, sin abrir la boca. Iba a repetirle las condiciones del trato, las supuestas ventajas que ya le había enumerado, las posibilidades a futuro.

Tapita le pidió un cigarrillo, lo encendió y exhaló una interminable bocanada de humo gris. Repitió el gesto de obviedad con la mano que ahora cargaba el cigarrillo, volvió a pitar, se recostó en la silla, estiró las piernas debajo de la mesa que los separaba.

-Dígale al fiscal que se vaya a la mierda. Vaya y dígale al fiscal que se vaya a la mierda -dijo sin alterar el tono de su voz, sin fatiga ni tristeza ni ira.

Semanas después, ya conocido el fallo, el abogado apeló ante un tribunal de Texas y se lo comunicó a Tapita, asegurándole que la acción le proporcionaría un tiempo inestimable y que de allí en más, hasta llegar a la Corte Suprema de los Estados Unidos, podía repetir interminablemente el mecanismo. "La primera y la última vez", le advirtió éste al enterarse. "¿Qué voy a ganar? ¿Vivir diez o quince años esperando todos los días que el día siguiente sea el último? De ninguna manera. Y a usted no lo quiero ver en el resto de mi vida", dijo y llamó al guardia que lo estaba vigilando.

-Ayúdelo a salir -dijo sabiendo que el policía no entendería sus palabras-, antes de que lo mate también a él.

Lo demás es cosa juzgada y conocida.

Ayer al mediodía, cuando la noticia de la ejecución llegó al pueblo y corrió por sus calles como un reguero de pólvora, hizo uno de los peores fríos del invierno. A las dos de la tarde, cuando amainó una pertinaz llovizna que había comenzado en la mañana y que había obligado a suspender los actos oficiales en Florida, empezaron a aparecer en la plaza de Toledo los primeros grupos de escolares acompañados por sus maestras.

El acto en conmemoración de la Declaratoria de la Independencia fue breve y exaltado, como todos los años. La directora de la escuela pública, una mujercita delgada y enfática, de pie sobre un pequeño estrado a cuyo fondo se encontraba un pizarrón con la bandera nacional dibujada con tizas de colores -cuatro franjas azules, cinco blancas, un sol con cara de gordo estúpido- dirigió unas palabras de homenaje a la memoria de los hombres que 174 años atrás, reunidos en la Piedra Alta, habían ratificado su fragorosa devoción por un país libre y promisorio. "Los padres de la Patria", los llamó como siempre, como corresponde en cada 25 de agosto. Los niños después cantaron el himno y desarmaron filas, congelados hasta los huesos. No había mucho público. Apenas una docena de padres, algunos curiosos y Roque, siempre joven, silencioso, recostado a una de las altas palmeras esperando que todos se fueran.

Apenas los senderos se despejaron, se acomodó a un costado del busto. Se había enterado con asombro de la ejecución de Tapita en el informativo de las doce, aunque él también, como todo el mundo, sabía perfectamente que ningún otro destino esperaba a aquel hombre que había nacido cincuenta años atrás en una de las casas del pueblo y que había pasado su infancia y su adolescencia junto a nosotros.

Roque está quieto desde ayer. Aterido. Seguramente hambriento. Es incierto predecir hasta cuándo se quedará en ese lugar. Ya ninguno de nosotros se le acerca. Nadie intenta disuadirlo.

ÍNDICE

1 9
2 29
3 43
4 57
5 75
6 91
7 107
8 121
9 137
10 153
11 169